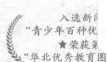

U0570766

保持中学生
良好心态
的168个故事

王园园　孙全　编著

北京出版集团公司
北京教育出版社

图书在版编目(CIP)数据

保持中学生良好心态的 168 个故事/王园园,孙全编著. –北京:北京教育出版社,2005
(智慧成长故事 完美人格系列)

ISBN 978 – 7 – 5303 – 4837 – 6

Ⅰ.①保… Ⅱ.①王…②孙… Ⅲ.①心理状态 – 自我控制 – 青少年读物 Ⅳ.①B842.6

中国版本图书馆 CIP 数据核字(2005)第 111247 号

智慧成长故事 完美人格系列

保持中学生良好心态的 168 个故事

BAOCHI ZHONGXUESHENG LIANGHAO XINTAI DE 168 GE GUSHI

王园园 孙 全 编著

*

北京出版集团公司

北京教育出版社 出版

(北京北三环中路6号)

邮政编码:100120

网址:www.bph.com.cn

北京出版集团公司总发行

全 国 各 地 书 店 经 销

三河市嘉科万达彩色印刷有限公司印刷

*

787mm×1092mm 16 开本 印张14 280000 字

2005 年 10 月第 2 版 2016 年 4 月修订 第 11 次印刷

ISBN 978 – 7 – 5303 – 4837 – 6/Ⅰ·12

定价:29.80 元

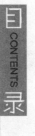

目 CONTENTS 录

第 1 章

自卑的人是折了翅膀的飞鸟

第**2**章

挫折是天赐的礼物

第**3**章

悲观之风吹灭希望之火

第**4**章

有害的孤独和有益的孤独

第 **5** 章

嫉妒是扎在心灵上的一根刺

第6章

唯一值得恐惧的事情是恐惧本身

目 录 CONTENTS

第7章

撕下那张虚荣的面具

第 **1** 章

自卑的人是折了翅膀的飞鸟

　　自卑使人痛苦，自卑使人退缩，自卑使生活变成灰色。自卑，使可能变成不可能，使不可能变成毫无希望。

　　自信使人愉悦，自信催人奋发，自信让生活充满阳光。自信，使不可能成为可能，使可能成为现实。

　　每个人都渴望自信，都渴望逃脱自卑的牢笼，让我们一起来寻找自信的理由，寻找通向自信的道路。

·美 与 丑·

从小到大，我并不认为自己十分丑，只是认为自己长得一般而已。没想到自从买了那部可以摄像的手机之后，我心里充满了自卑。我自卑，是因为我突然发现自己竟然长得这么丑陋。

我不敢再照相了，因为自卑。每个女孩都希望自己很美，幻想着自己美若天仙，我也不例外。可现实中的我呢，却是十分丑的，不知道该埋怨谁，我总是在想，等有钱了去整容……

过了一段时间之后，我慢慢又高兴起来，我为什么要自卑呢？除了脸部，我脸部以下都还可以的哦。我不缺胳膊不少腿，挺好的。再说了，我不可能天天二十四个小时照镜子吧！所以呢，丑与美不关我的事。也许我的想法在别人看起来是那么的可笑，但我还是要我行我素，我的丑与美关他人何事！我不知道我的想法是自相矛盾的，还是可笑至极的，都无所谓了，不是吗？我的格言是：无论美与丑，只要自己高兴就可以了。走自己的路，让别人说去吧！

20岁的时候我去了南方，在广州的时候别人都夸我很美，我身材高挑，165厘米的身高！他们那边的女孩子都是比较娇小型的，而我穿上高跟鞋，比那边的男生还要高呢！现在的我很自信，有句话说：自信的女孩最美。现在，我对外貌看得很淡，也许是因为年龄的增长吧，可能从某种意义上来说也是一种成长。对于现在的我来说，美与丑都已经无所谓了，年少时困扰我的事情，现在看来只不过是一种自嘲罢了。

· 考　试 ·

期末考试时，生物学教授在发试卷前对他的20位高年级学生说："我很高兴这学期教你们，我知道你们学习都很努力，而且你们中有很多人暑假后将进入医学院。因此，我提议，任何一位愿意退出今天考试的同学都将得到一个'B'，不愿意的最后按照考试的实际情况给你们分数。"

学生们欣喜万分，很多学生站起来，走到教授面前，感谢他并签上了自己的名字。

又一位学生走出教室后，教授看了看剩余的少数学生问："还有谁？这是最后的机会了。"又有一个学生站起来，签上名字走了。

教授关上教室的门，看着剩余的几个学生说："我对你们的自信感到非常高兴，你们都将得到'A'。"

· 父亲拯救了我自卑的灵魂 ·

我曾一直不敢对别人说起我的家，不敢说起那阴暗狭挤一到下雨天就会漏雨的平房，说起我的父亲是骑着一辆破旧的板车在外走街窜巷卖菜的小贩，说起我的母亲是某医院的勤杂工……

从初中开始，我就从不敢把同学带回家，我害怕，我害怕他们知道我的一切，从此以一种异样的眼光来看我。在我强烈的自尊背后是深深的自卑。在我上高中那年，这种不平衡的心态使我开始放纵自己，以求得一种心理上的平衡。我结识了一帮社会上的青年，跟他们在一起抽烟、喝酒、打架，以此来掩盖我那颗自卑的心。不知不觉，我的学习成绩一落千丈，几乎成了班里的最后一名。我似乎成了一个人见人厌的坏学生，同

3

学中也有人开始不理我，有些老师也把我当成了空气，对我不闻不问。当时，我冷冷地看着这一切，我不后悔，我知道一直都是我的错，但我却愿意这样，因为这能掩盖我那颗自卑的心。

我依旧颓废地对待生活，直到我帮一个同学把一个人的腿打折了。就是从那天起，我才真正地开始后悔，真正地认识了我的父亲。

在校长办公室，校长简单地把事情的经过对父亲讲了一遍，父亲一直默默地听着，几次用他那浑浊的眼睛望望我。校长说由于这件事影响恶劣，校方已经做出决定要开除我。听到这话父亲的脸色一下子变得苍白。他愣了一下，接着，他几乎用乞求的语气对校长说："校长，娃做错了事，这是我们做父母的没管教好，但他还小啊！如果就这样让他离开学校，不是把他给毁了吗？校长，你就给娃一个机会吧！"我从来没有想过父亲能说出这样的话，在我心里，他只是一个老实巴交、寡言少语的父亲。校长还是摇摇头，表示不行，说这已经是从轻处理了，按情况，这是要报告到派出所的。父亲愣了，好半天站在那里不说话。其实，听校长这么说，我也准备放弃了，或者说我根本就不想再读书，不想再受那因自卑而给我带来的痛苦煎熬，我也不愿意看着父亲这样可怜巴巴地乞求校长。可我没有想到的是，我那质朴的父亲却以最谦卑的方式来求得那最后的一丝希望，父亲跪下了。他含着泪道："校长，我就只有这么一个娃，从小我就希望他能好好读书，可是他不争气。如今他做错了事，我知道这是他自作自受，但他是我全部的希望啊！我不希望娃跟我一样啊！我求你了，校长，你给他一次机会吧！"此时，我泪如雨下，我只觉得心很痛很痛。校长感动了，他终于说道："你先起来，这孩子我们留下。"又转过头对我说，"孩子，你有一个好父亲啊！"父亲放心了，他站了起来，嘴里连声说着："谢谢！谢谢！"

感悟
ganwu

因为穷，而看不起自己的父母，因为穷，而不认真对待自己，这是多么愚蠢的一件事，又是多么可悲的一件事。不能因为贫穷而自卑，不能因自卑而颓废地生活、自毁前程。本文的作者就用他自身的经历告诉了我们，不要自卑，辉煌的未来是靠自我奋斗而实现的！

就这样，父亲为我赢得了继续读书的机会。

回到家后，父亲从抽屉里拿出他那起早摸黑攒下来的1000块钱，带着我去了医院。在医院，我们找到了那个被我打折腿的人的病房，当父亲推门进去说明来意后，坐在里面的伤者的父母怒目圆睁，几次冲过来要打我，但都被父亲给挡住了。父亲一边嘴里说着认错的话，一边护着我往后退。我从来没有见过懦弱的父亲是这样坚强而有力量！

最后，在赶来的医生和护士的劝阻下，他们才住了手。这时，父亲走上前去拨开人群，激动地说道："大哥，大妹子，我知道是我的儿子做了对不起你们的事，你们真要打就打我吧，是我没有教育好儿子啊!"说着，父亲从口袋里拿出那1000块钱，又道："这钱不多，就给你们的儿子买点营养品吧，希望他能快点好起来，也希望你们能原谅我的儿子……"

父亲没有流一滴眼泪，但是在场的医生和护士都感动得眼眶湿润了。

这件事，就在父亲受尽屈辱的过程中结束了；也是这件事，结束了我以前的颓废生活。从那天起，我发誓，我要好好读书，因为我知道，我不只是为了自己，还为了父亲。我也不再自卑了，因为我知道我有一个伟大的父亲，他一直都在默默地关心着我。终于，我的努力得到了老师们的认可，同学们也重新接纳了我。在一年后的一次班会上，班主任当着全班同学的面对我说了这样一段话："孩子，我不知道你是如何改变的，但我知道，现在的你，是我教过的最用功的学生。"我突然明白，原来，贫穷并不一定会让别人失去对你的尊重，卑贱与高贵之差只在于心灵!

小 草

有位园丁，一天早晨，当他到花园里去的时候，发现所有

的花草树木都枯萎凋谢了，园中充满了衰败景象，毫无生气。

他非常诧异，就问花园门口的一棵橡树："你们中间究竟出了什么事？"

橡树说："无论我怎么努力生长，我都不能够像松树那样高大挺拔。"

园丁问松树："高大挺拔的松树，你为什么垂头丧气呢？"

松树说："我不能够像葡萄藤那样结出香甜的果实。"

园丁问葡萄藤："葡萄藤，你在为什么事情伤心？"

葡萄藤幽怨地说："我终日匍匐在地，不能直立，不能像桃树那样绽开美丽的花朵。"

牵牛花也苦恼地说："如果我有紫丁香那样芬芳就好了。"

树木们和花儿们各有各的垂头丧气的理由，因为不如别人而自怨自艾。这时，有一棵小草却长得青葱可爱。于是园丁问它："你为什么没有沮丧？"小草回答："我没有一丝灰心，一毫失望。我在园中虽然算不上重要，但是我知道你需要一株橡树、一棵松树，或者葡萄藤、桃树，或者牵牛花、紫丁香，你才去栽种它们；我知道你也需要我这棵小小的草，所以才把我种植在这里，我就心满意足地去吸收阳光雨露，使自己天天成长。"

自信的价值

2001年5月20日，美国一位名叫乔治·赫伯特的推销员，成功地把一把斧子推销给了小布什总统。布鲁金斯学会得知这一消息，把刻有"最伟大推销员"的一只金靴子赠给他。这是自1975年以来，继该学会的一名学员成功地把一台微型录音机卖给尼克松后，又一学员跨过如此高的门槛。布鲁金斯学会创建于1927年，以培养世界上最杰出的推销员著称于世。它有一个传统，在每期学员毕业时，设计一道最能体现推销员能力的实习题，让学员去完成。

克林顿当政期间，他们出了这么一个题目：请把一条三角裤推销给现任总统。8 年间，有无数个学员为此绞尽脑汁，可是，最后都无功而返。克林顿卸任后，布鲁金斯学会把题目换成：请把一把斧子推销给小布什总统。鉴于前 8 年的失败与教训，许多学员知难而退，个别学员甚至认为，这道毕业实习题会和克林顿当政期间一样毫无结果。因为现在的总统什么都不缺少，再说即使缺少，也用不着他们亲自购买；再退一步说，即使他们亲自购买，也不一定正赶上是你去推销的时候。

然而，乔治·赫伯特却做到了，并且没有花多少工夫。一位记者在采访他的时候，他是这样说的，我认为，把一把斧子推销给小布什总统是完全可能的。因为布什总统在得克萨斯州有一个农场，里面长着许多树。于是，我给他写了一封信，说：有一次，我有幸参观您的农场，发现里面长着许多矢菊树，有些已经死掉，木质已变得松软。我想，您一定需要一把小斧头，虽然从您现在的体质来看，这种小斧头显然太轻，但是您仍然需要一把不甚锋利的老斧头。现在，我这儿正好有一把这样的斧头，它是我祖父留给我的，很适合砍伐枯树。假若您有兴趣的话，请按这封信所留的信箱，给予回复……最后他就给我汇来了 15 美元。

乔治·赫伯特成功后，布鲁金斯学会在表彰他的时候说，金靴子奖已空置了 26 年，26 年间，布鲁金斯学会培养了数以万计的推销员，造就了数以百计的百万富翁，这只金靴子之所以没有授予他们，是因为学会一直想寻找这么一个人，这个人不因为有人说某一目标不能实现而放弃，不因为某件事情难以办到而失去自信。

· 优等生的自卑 ·

我曾经在学校里体验过作为一名优等生的骄傲感。当时还

不是因为有些事情难以做到，我们才失去信心；而是因为我们失去了自信，有些事情才显得难以做到。

流行在全班甚至全校根据成绩排名次的做法，两三年时间里，我几乎毫无争议地牢牢占据着榜首的位置。那时候我真是风光无限，有一次在全市大赛上获奖以后，进教室时同学们如众星捧月一般将我围在中间。平时，常常有同学送给我看他自己订阅的杂志，耐心地等着我一块儿去食堂，只要我招呼一声，也总是有人乐意跟我去打乒乓球或者到河边散步。当然，我也是老师眼里的"红人"。

但是，除了我自己，没有人知道，也没有人相信，我的心里埋着深深的自卑。我一直觉得，自己除了会读书、考试成绩好之外一无所长。我羡慕有的同学能下一手出色的围棋或象棋，我羡慕有的同学在全校运动会上百米跑的那种风采——最后冲刺时在现场掀起的那种欢呼对我来说太陌生也太有诱惑力了，还有能轻松做二三十个腹部绕杠的同学、能说几句话就逗得别人前仰后合的同学……我厌恨自己是一个这么平庸而且乏味的人。

我们班上有一个高个子同学叫乐平，他的身上有一股不羁的潇洒劲儿，每次班级活动他都是最活跃的，组织能力也很强。更难得的是，这么一个略微带点痞气的男孩，学习成绩也很好，当然跟我相比还是略逊了那么一筹。大概也正是如此，我一直觉得他看我的眼光里有一点点敌意。我记得有一个晚上，在二三十人一间的大寝室里，他用一贯看不起人的口气在那儿对另一个同学说："有什么了不起的！"我听了以后马上就心虚地以为他是在讥讽我。因为就在那天傍晚，班主任直接任命我为校刊的副主编，我的心里战战兢兢，觉得像乐平这样的人肯定不服气。但是我当时什么也没说，只是有点难受又有点不安地入睡了。

转眼高中毕业20年了，我跟乐平早已成为了很好的朋友。聊天时说起往事，他怎么也不相信我居然还会自卑。他说他才自卑呢，表面上嘻嘻哈哈，但也想暗中发力试图冲击我学习上

感悟 ganwu

人人都会自卑，自卑并不是弱小者的专利，有时反而看似"强大"的人，骨子里却比谁都自卑。自卑没什么不好，就像强大的人需要对手一样，人也需要"弱点"。正是自卑，让"我"更加奋发努力，获得一个个奖项。或许可以说，自卑是获得成功的催化剂。

的霸主地位，但每一次都失败了，眼看我似乎在不经意之中斩获一个个奖项，他也逐渐从嫉妒变成了佩服。他说之所以不太跟我说话，就是因为我不太跟他说话。

他还说，如果那些成绩不佳的同学知道我那么羡慕他们，恐怕也不至于自动把自己归入"差生"的阵营，觉得中学几年了无意趣了。因为他们能从优等生的自卑感里收获一点自信，在当时"分数至尊"的学习观念里也多少能体验到一丝成就感。

如果你羡慕优等生，那么请相信你自己一定也有值得他羡慕的东西，这个世界上的尺度永远不会是单一的，野百合也会有春天，你根本无须自卑；如果你是优等生，当然也没有必要太苛求自己的完美，世界上没有完美的人，每个人都有自己的软肋。但倘若心里会冒出一点点的自卑感，那也未尝不可，骄傲感背后的这点自卑感可以提醒你，你没什么好膨胀的，你只不过是一个小小考场上暂时的领先者而已，真正的挑战永远在考场之外。

· 生命的价值 ·

不要让昨日的沮丧令明天的梦想黯然失色！

在一次讨论会上，一位著名的演说家没讲一句开场白，手里却高举着一张 20 美元的钞票面对会议室里的 200 个人，问："谁要这 20 美元？"一只只手举了起来。他接着说："我打算把这 20 美元送给你们中的一位，但在这之前，请准许我做一件事。"他说着将钞票揉成一团，然后问："谁还要？"仍有人举起手来。

他又说："那么，假如我这样做又会怎么样呢？"他把钞票扔到地上，又踏上一只脚，并且用脚碾它。尔后他拾起钞票，钞票已变得又脏又皱。

"现在谁还要？"还是有人举起手来。

的确，他人的喜欢并不能让我们自身的优点增加几分，他人的贬损也并不能让我们身上的缺点多出几分。无论碰到什么样的境遇，都不必失去信心和勇气，因为你永远都是你自己。

"朋友们，你们已经上了一堂很有意义的课。无论我如何对待那张钞票，你们还是想要它，因为它并没有贬值，它依旧值20美元。人生路上，我们会无数次被自己的决定或碰到的逆境击倒、欺凌甚至碾得粉身碎骨。我们觉得自己似乎一文不值。但无论发生什么，或将要发生什么，在上帝的眼中，你们永远不会丧失价值。在他看来，无论肮脏或洁净，衣着齐整或不齐整，你们总是无价之宝。"

· 相信不相信 ·

有一位世界顶尖级的杂技高手，一次，他参加了一个极具挑战性的演出，这次演出的主题是在两座山之间的悬崖上架一条钢丝，而他的表演节目是从钢丝的这边走到另一边。杂技高手走到悬在山上的钢丝的一头，然后注视着前方的目标，并伸开双臂，慢慢地挪动着步子，终于顺利地走了过去。这时，整座山响起了热烈的掌声和欢呼声。

"我要再表演一次，这次我要绑住我的双手走到另一边，你们相信我可以做到吗？"杂技高手对所有的人说。我们知道走钢丝靠的是双手的平衡，而他竟然要把双手绑上。但是，因为大家都想知道结果，所以都说："我们相信你，你是最棒的！"杂技高手真的用绳子绑住了双手，然后用同样的方式一步、两步，终于又走了过去。"太棒了，太不可思议了！"所有的人都报以热烈的掌声。

没想到的是杂技高手又对所有的人说："我再表演一次，这次我同样绑住双手，然后把眼睛蒙上，你们相信我可以走过去吗？"所有的人都说："我们相信你！你是最棒的！你一定可以做到的！"

杂技高手从身上拿出一块黑布蒙住了眼睛用脚慢慢地摸索到钢丝，然后一步一步地往前走，所有的人都屏住呼吸为他捏一把汗。终于，他走过去了！表演好像还没有结束，只见杂技高手从人群中找到一个孩子，然后对所有的人说："这是我的儿子，我要把他放到我的肩膀上，我同样还是绑住双手，蒙住眼睛走到钢丝的另一边，你们相信我吗？"

所有的人都说："我们相信你！你是最棒的！你一定可以走过去的！"

"真的相信我吗？"杂技高手问道。

"相信你！真的相信你！"所有的人都说。

"我再问一次，你们真的相信我吗？"

"相信！绝对相信你！你是最棒的！"所有的人都大声回答。

"那好，既然你们都相信我，那我把我的儿子放下来，换上你们的孩子，有愿意的吗？"杂技高手说。

这时，整座山上鸦雀无声，再也没有人敢说相信了。

·我并不卑微·

感悟
gǎnwu

15 年前，我从乡下的初中升到县城的一个重点中学读高中，全班同学除我之外，都是城里人。在他们面前，我感到很自卑，除了努力学习外，其他的什么都不敢与他们争。

很快元旦就要到了，学校准备举行元旦文艺晚会，各班都要出节目。班主任想一改以往的歌舞形式，打算出个乐器演奏的节目，那天上午她站在讲台上问："谁会演奏乐器？""刷"的一声，一半同学举起了手。我望着班主任充满期望的脸，心中有些激动。

整整 7 年了，从牛背上的自悟到初中毕业典礼的演奏，我凭着一支笛子为自己赢得了无数的赞叹声与掌声。为此父亲在开学前为我精心制作了一支笛子，准备让我在城里的同学面前露露脸。可是在那些得意洋洋的城里同学面前，我一直没敢把

当别人优势的光芒遮住了我们头顶的太阳，寒冷伴着阴影笼罩我们的身体时，我们是否依然有自信，再重新将灿烂的阳光找回呢？人生而平等，只要对自己有自信，每个人都不会卑微。

那支精巧的笛子拿出来。那一刻，我也没有勇气举起那双握过许多支笛子的手。

看着班主任带着那些城里的同学兴奋地向学校的乐房走去，一丝苦涩的感觉袭上心头，我恨自己的怯懦。

无精打采地在教室里坐了近一个小时，班主任和那些到乐房试奏的同学都回来了，令我奇怪的是，那些同学一个个都垂头丧气的，班主任的脸上带着失望。不一会儿我就知道了答案，班主任对那些同学都不满意。

看到班主任失望的神情，我不知哪来的勇气，"霍"地站起来，对班主任说："老师，我会吹笛子！"

班主任惊喜极了，激动地问："真的？"

"嗯。"我重重地点点头。接着在班主任期望的目光中飞快地跑回宿舍拿来了我那支心爱的笛子。在那些城里同学惊奇、不屑、疑惑的目光中，我熟练地把笛子放到了唇边。刚开始，我由于太过激动而致使笛声有些颤抖，这引起了一些同学的讥笑，但我并不理会他们。慢慢地，我就忘记了一切。我已完全地投入笛声中，眼前涌现的是无垠的田野、欢快的牛儿、轻灵的小溪、飞翔的燕子、流动的彩云……

当最后一个音符慢慢降落，我的耳边"哗"地响起了热烈的掌声。我睁开眼睛，看到同学们的眼里都充满了钦佩，我的班主任由于太过兴奋而涨红了脸。那一刻，我的泪水盈满了眼眶。

我知道，我已用自己的笛声赢得了每一个人的信服。我在这个集体里并不卑微。从今以后我再没有必要表现出以往的怯懦与自卑。

这段经历距今已经15年了，15年来，每当一些比我优越的人站在我面前时，他们的优越感并没有让我在他们面前低头，因为那一段动人的笛声告诉我：我并不比他们卑微，我们是平等的，有一天我也能像他们一样，甚至超越他们。

感谢自卑

我曾经是一个自卑的小男孩。即使到现在，自卑还常常在我身上体现出来，我觉得很多地方自己不如别人。

我9岁那年，从乡下转学到城里。插班之后，我成了一名沉默寡言的学生。我的鞋子和衣服成了班上同学取笑的对象，我的口音他们每天都在模仿。当老师提问，我用带有家乡的土音回答时，教室里哄堂大笑。

自卑的情绪蔓延开来，我的成绩逐渐下降。我多么希望自己快点离开这个让我自卑的地方。我将满肚子苦水在日记中倾诉，我把我的郁闷心情用画画的方式表现了出来。后来，老师发现了我的日记，表扬了我，让我在自卑的天空仿佛看到了一缕阳光。美术老师也看了我画的画，他叫我参加比赛，结果获了一个三等奖。我逐渐意识到，我也可以在生活中扮演一个重要的角色。于是，我努力学习，成绩逐渐提高，还参加了校里的知识竞赛，班里16个人获奖，我就是其中的一个。升上高年级后，我仍然自卑。尤其是英语，成了我学习上的"拦路虎"。我仍然沉默寡言。我找不到一个朋友来伴读英语，只能靠自己努力。早上，我提前起床读英语；夜晚，我等爸妈睡着了便开始夜读。到第一个学期结束，我的英语成绩赶上来了。同学们很惊讶，有的人还竖起了拇指夸奖我。

我更疯狂地学习，渐渐地，我周围多了几个尖子生朋友，他们在旁边鼓励我，让我感到了春天般的温暖。但我依然自卑。我不如小华聪明，不如小东有才……我只能拼命地学习。

有一次，我看电视，邓亚萍做节目。她说："我刚入国家队，身高才150厘米，很多人瞧不起我。我只能努力锻炼，只能赢不能输……"

我一阵哽咽，多年来我不正如此？

我感谢自卑，它让我越挫越勇，让我努力追赶比自己优秀的人，让我不敢停步，一路走来，一路坚强，一任风和雨！

· 橡树的使命 ·

在一个可能是任何地方的地方，在一个可能是任何时间的时间，有一个美丽的花园，里面长满了苹果树、橘子树、梨树和玫瑰花，它们都幸福而满足地生活着。

花园里的所有成员都是那么快乐，唯独一棵小橡树愁容满面。可怜的小家伙被一个问题困扰着，那就是，它不知道自己是谁。

苹果树认为它不够专心，"如果你真的努力了，一定会结出美味的苹果，你看多容易！"玫瑰花说："别听它的，开出玫瑰花来才更容易，你看多漂亮！"失望的小树按照它们的建议拼命努力，但它越想和别人一样，就越觉得自己失败。

一天，鸟中的智者——雕来到了花园，听说了小树的困惑后，它说："你别担心，你的问题并不严重，地球上的许多生灵都面临着同样的问题。我来告诉你怎么办。你不要把生命浪费在去变成别人希望你成为的样子，你就是你自己。你要试着了解你自己。要想做到这一点，就要倾听自己内心的声音。"说完，雕就飞走了。

小树自言自语道："做我自己？了解我自己？倾听自己的内心声音？"突然，小树茅塞顿开，它闭上眼睛，敞开心扉，终于听到了自己内心的声音："你永远都结不出苹果，因为你不是苹果树；你也不会每年每天都开花，因为你不是玫瑰。你是一棵橡树，你的命运就是要长得高大挺拔，给鸟儿们栖息，给游人们遮阴，创造美丽的环境。你有你的使命，去完成它吧！"

小树顿觉浑身上下充满了力量和自信，它开始为实现自己

的目标而努力。很快它就长成了一棵大橡树，填满了属于自己的空间，赢得了大家的尊重。这时，花园里才真正实现了每一个生命都快乐。

在生活中，所有人都有自己需要完成的使命和属于自己的位置，不要让任何事或任何人阻止我们认识和享受我们存在的美妙真谛。

·超越自卑·

二十年前，她考入了北京的一所大学。大部分日子她在疑心、自卑中度过。她疑心同学会在暗地里嘲笑她肥胖的样子。她不敢穿裙子，更不敢上体育课。大学她差点毕不了业，不是因为功课太差，而是因为她不敢参加体育长跑测试。老师说："只要你跑了，不管多慢，都算你及格。"可她就是不跑。她想跟老师说：自己肥胖的身体跑起步来一定非常可笑。可是，她连向老师解释的勇气也没有。

她，就是第一个完全依靠才气而丝毫没有凭借外貌走上中央电视台主持人岗位的张越。每当别人问到她现在是否还自卑，她笑着说："我上中学时最大的愿望就是希望所有的人最好都看不见我，那时候我专门穿蓝色和灰色的衣服，就是想把自己彻底隐藏起来。可最后，我竟从事了一种能让全国人民都看得见我的职业，如果自信得不到恢复，我能在电视上面对天下人侃侃而谈吗？"

当别人问她是如何克服自卑、走向自信时，她感慨地说："这种转折真正出现是在大学快毕业时，我感到自己正在走出延续整整十年因肥胖而造成的自我封闭状态。我不再惧怕和别人在一起、穿大红大绿的衣服、做各种夸张的手势、用大嗓门说话。这完全得益于我在整整十年的时间里，一直都在反抗内心已经形成的东西。我能做到这一点，除了天性不允许我永远生活在某种阴暗的心理之中外，还得感谢我始终没有放弃学习，读书能让我不断地从知识中汲取内心的力量。"

在生活中，谁不曾有过自卑呢？自卑并不可怕，关健看你能否超越自卑、重拾自信！

·自己拿主意·

感悟
gǎnwù

　　自己拿主意，当然并不是一意孤行，而是忠于自己，相信自己。漫漫人生，很多时候我们都要自己拿主意！

　　美国著名女演员索尼亚·斯米茨的童年是在加拿大渥太华郊外的一个奶牛场里度过的。

　　当时她在农场附近的一所小学里读书。有一天，她回家后很委屈地哭了，父亲就问原因。她断断续续地说："班里一个女生说我长得很丑，还说我跑步的姿势难看。"父亲听后，只是微笑。忽然他说："我能摸得着咱家的天花板。"正在哭泣的索尼亚听后觉得很惊奇，不知父亲想说什么，就反问："你说什么？"

　　父亲又重复了一遍："我能摸得着咱家的天花板。"

　　索尼亚忘记了哭泣，仰头看看天花板。将近4米高的天花板，父亲能摸得到？她怎么也不相信。父亲笑笑，得意地说："不信吧？那你也别信那女孩的话，因为有些人说的并不是事实！"

　　索尼亚就这样明白了，不能太在意别人说什么，要自己拿主意！

　　她在二十四五岁的时候，已是个颇有名气的演员了。有一次，她要去参加一个集会，但经纪人告诉她，因为天气不好，只有很少人参加这次集会，会场的气氛有些冷淡。经纪人的意思是，索尼亚刚出名，应该把时间花在一些大型的活动上，以增加自身的名气。索尼亚坚持要参加这个集会，因为她在报刊上承诺过要去参加，"我一定要兑现诺言。"结果，那次在雨中的集会，因为有了索尼亚的参加，广场上的人越来越多，她的

名气和人气因此骤升。

后来，她又自己做主，离开加拿大去美国演戏，从而闻名全球。

上帝没有轻看卑微

一位父亲带着儿子去参观凡·高故居，在看过那张小木床及裂了口的皮鞋之后，儿子问父亲："凡·高不是位百万富翁吗？"父亲回答："凡·高是位连妻子都没娶上的穷人。"

第二年，这位父亲带儿子去丹麦，在安徒生的故居前，儿子又困惑地问："爸爸，安徒生不是生活在皇宫里吗？"父亲回答："安徒生是位鞋匠的儿子，他就生活在这栋阁楼里。"

这位父亲是一个水手，他每年往来于大西洋各个港口，这位儿子叫伊东·布拉格，是美国历史上第一位获普利策奖的黑人记者。20年后，在回忆童年时，他说："那时我们家很穷，父母都靠出卖苦力为生。有很长一段时间，我一直认为像我们这样地位卑微的黑人是不可能有什么出息的。好在父亲让我认识了凡·高和安徒生，这两个人告诉我，上帝没有轻看卑微。"

原来，很多时候，是出身卑微的人自己看低了自己。

你不是小山羊，你是一只小老虎

从前，一只母老虎被猎人打死了，留下一只小老虎，一群山羊收养了它。小老虎与小山羊们一起玩耍，它不知道自己是一只老虎，整天学山羊的动作和叫声。可是不管怎么努力，小老虎总发不出山羊的咩咩声。因此，同伴们笑话它，还笑话它玩耍的动作太粗鲁。小老虎觉得自己可差劲了，可不知道错在什么地方。

有一天，从山外传来一声吼声，震天动地。山羊们都吓跑

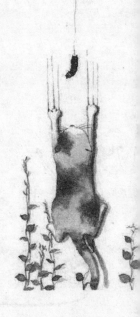

17

我们平时被周围的环境约束，有时会迷失了自己。必须通过不断的练习才能挖掘自己的潜力，树立信心。信心犹如肌肉，常常练习，就能从无到有，不断增强。

了，只有小老虎坐在山坡上一动不动。这时跑来一只大野兽，棕色的皮毛，炯炯有神的双眼。

"你怎么在这里？你是谁？"野兽问。

"我是小山羊。"小老虎瓮声瓮气地回答。

"你是老虎。"

"不！我是小羊！"

"跟我来。"野兽命令道。小老虎胆战心惊地跟着野兽来到小溪边。小老虎发现水里有两只一模一样的动物，只不过一只大，一只小。小老虎好奇地问："水里面的是谁？""那只大的是我，小的是你自己，你是小老虎，你要像我刚才那样叫。""不，不，我是一只小羊。"小老虎呻吟道。大老虎生气了："你是小羊我就要吃掉你。"又一声震天动地的吼叫声。大老虎命令道："跟着我学！""咩——"小老虎还是原来的叫声，它胆怯地说："我不会！""你会！""嗷……""是这样！再大声点！"小老虎在野兽的训练下，终于发出了震天动地的吼声。

· 战 胜 自 卑 ·

我二十几岁时虽然已是有作品出版的作家，可是仍然举止笨拙，常感自卑。我有点胖，不过并不痴肥，但那已足以使我觉得衣服穿在别人身上总是比我好看。我在赴宴会之前要打扮好几个小时，可是一走进宴会厅就会感到自己一团糟，总觉得人人都在对我评头论足，在心里耻笑我。

有个晚上，我忐忑不安地去赴一个不大认识的人的宴会，在门外碰见另一位年轻女士。

"你也是要进去的吗？"

"大概是吧，"她扮了个鬼脸，"我一直在附近徘徊，想鼓起勇气进去，可是我很犹豫，我总是这样子的。"

为什么？我在灯光照映的门阶上看看她，她很好看，比我好得多。"我也害怕得很。"我坦言，我们都笑了，不再那么紧张。我们走向前面人声嘈杂、情况不可预知的地方。我的保护心理油然而生。"你没事吧？"我悄悄问道。这是我生平第一次心不在自己而在另一个人身上。这对我也有帮助，我们开始和别人谈话，我开始觉得自己是这群人的一员，不再是个局外人。

穿上大衣回家时，我的新朋友和我谈起各自的感受。"觉得怎么样？"

"我觉得比先前好。"我说。

"我也如此，因为我们并不孤独。"

这句话说得真对！我以前觉得孤立，认为世上其余的人都自信十足，可是如今遇到了一个和我同样自卑的人。迄今为止，我因为让不安全感吞噬了，根本不会去想别的，现在我得到了另一条启示：会不会有很多人看来意兴高昂，谈笑风生，但实际上心中也忐忑不安？

我为他们撰稿的那家本地报馆，有位编辑似乎粗鲁无礼，问他问题，他仅只字答复，目光永不和我的接触。我总觉得他不喜欢我，现在我怀疑会不会是他怕我不喜欢他。

下次去报馆时我深吸一口气，对他说："你好，安德森先生，见到你真高兴！"

我微笑抬头。以前，我习惯一面把稿子丢在他桌上，一面低声说道："我想你不会喜欢它。"这一次我改口道："我真希望你喜欢这篇稿子，大家都写得不好的时候，你的工作一定非常吃力。"

"的确吃力。"他叹了口气。我没有像往常那样匆匆离去，我坐了下来，我们互相看看。我发现他不是个咄咄逼人的特稿编辑，而是个头发半秃、其貌不扬、头大肩窄的男

人，办公桌上摆着他妻儿的照片。我问起他们，他露出了微笑，严峻而带点悲伤的嘴变得柔和起来。我想我们两人都觉得自在了。

后来，我的写作生涯因战争而中断。我去受护士训练，再次因感觉到医院里的人个个称职唯我不然而心中生畏，我手脚笨拙，学得慢，穿上制服看来仍一无是处，引来许多病人抱怨。"她怎么会到这儿来的？"我猜他们一定会这样想。

工作繁忙加上疲劳，使我不再胡思乱想，也不再继续发胖。我开始感觉到和大家打成一片的喜悦，我是团队的一分子，大家需要我。我看到别人忍受痛苦，遭遇不幸，觉得他们的生命比我自己的还重要。

"你做得不坏。"护士长有一天对我说，她原来在称赞我！他们认为我一切没问题，我忽然感觉几星期来我根本没有时间为我是否称职而发愁担忧。

如今，事过多年，我仍对人群、事业成功的人、粗鲁无礼的店员怀有畏怯之心，也仍害怕处身于似不相属的那种环境中。我必须记住：别想你自己，过去和那个独自站在街头紧张不安的女人谈谈。

别人也会有心感不足的时候，使人觉得自在会使你自己也觉得自在，要朝外朝里两面看。

如果你有点自卑，何不试一试？

心中的冰点

一家铁路公司有一位调车人员尼克，他工作相当认真，做事也很负责尽职，不过他有一个缺点：他对人生很悲观，常以否定的眼光去看这世界。

有一天铁路公司的职员都赶着去给老板过生日，大家都提早急急忙忙地走了。不巧的是，尼克不小心被关在一个待修的冰柜里。尼克在冰柜里拼命敲打着喊着，全公司的人都走了，根本没有人听得到。尼克的手掌敲得红肿，喉咙叫得沙哑，也没人理睬，最后只得颓然地坐在地上喘息。他越想越害怕，心想：冰柜的温度只有华氏 0 度，如果再不出去，一定会被冻死。他只好用发抖的手，找了纸笔来，写下遗书。

第二天早上，公司的职员陆续来上班。他们打开冰柜，赫然发现尼克倒在地上。他们将尼克送去急救，已没有生命迹象。但是大家都很惊讶，因为冰柜的冷冻开关并没有启动，这巨大的冰柜也有足够的氧气。更令人纳闷的是，柜子的温度一直是华氏 61 度，但尼克竟然被"冻"死了！尼克并非死于冰柜的温度，他是死于心中的冰点。他已给自己判了死刑，又怎么能够活下去呢？

把自卑踩在脚下，微笑面对挫折

一个周末，卡耐基到佐治亚州的一个大学去演讲。在他结束演讲回旅馆的时候，在电梯里碰到一个残疾人。他注意到这个看上去非常开心的人，两条腿都没有了，坐在一张放在电梯角落里的轮椅上。当电梯停在残疾人要去的那一层楼时，他很开心地问卡耐基是否可以往旁边让一下，让他转动他的椅子。"真对不起，"他说，"这样麻烦你。"卡耐基看到，这个残疾人在说这句话的时候，脸上露着一种非常自信而温暖的微笑。

当卡耐基离开电梯回到旅馆之后，这个残疾人脸上的那种自信的微笑一直在他的眼前挥之不去。卡耐基相信，这种自信的后面一定有一个不平凡的故事。他决定去找他。那个残疾人就是班·福特森。

班·福特森是谁？他曾是美国佐治亚州政府秘书长。他不

是一个身体健康的人，在他24岁那年，一次事故使他永远失去了双腿，因此只能靠轮椅代步。

他靠自己的意志战胜厄运、自强不息的故事，在美国几乎家喻户晓。但是，即使在美国，也很少有人知道，正是这个人给了成功学大师卡耐基巨大的人生启迪。

"事情发生在多年以前，"班·福特森微笑着告诉卡耐基，"我砍了一大堆胡桃木的枝干，准备做我的菜园里豆子的撑架。我把那些胡桃木装上车，开车回家，突然间，一根树枝滑到车上，卡在引擎里，恰好是在车子急转弯的时候。车子冲出路外，把我撞在树上。那年我才24岁，双腿被截掉了，从那以后就再也没有走过一步路。"

卡耐基问班·福特森："你怎么能够接受这个残酷的事实？"

他说："我以前并不能这样。"他说他当时充满了愤恨和难过，抱怨自己的命运。可是时间仍一年年过去，他终于发现愤恨使他什么也做不成，只会产生对别人的恶劣态度。

"我终于了解到，"他说，"大家对我都很好，很有礼貌，所以我至少应该做到的是，对别人也有礼貌。"

卡耐基问班·福特森："经过了这么多年，你是否还觉得碰到那一次意外是一次很可怕的不幸？"

班·福特森很快地说："不会了。"他接着说，"我现在几乎很庆幸有过那一次事故。"他告诉卡耐基，他克服了当时的震惊和悔恨之后，就生活在了一个完全不同的世界里。他开始对好的文学作品产生了兴趣。在那以后的14年间，自己至少阅读了1 400本书，这些书为他打开了一个崭新的世界，他的目光和思想一下子丰富多彩起来。他开始聆听很多音乐，以前

感悟
gǎnwù

意外使福特森失去了双脚，他曾抱怨过，愤怒过，但最终靠其乐观和自信打败了挫折和伤痛。生命的轨道一直在运转，即使你遭遇挫折，生活却仍在继续，用坚强的意志和自信的微笑面对苦难，一切不幸与自卑都会被踩在脚下，你也会成为生活的强者。

让他觉得沉闷的伟大的交响曲，现在都能使他非常感动。最重要的是，他学会了思考。他说："我能让自己仔细地看看这个世界，有了真正的价值观念。我开始了解，以往我所追求的事情，大部分实际上一点价值也没有。"

任何一个了解班·福特森人生经历的人，都会受益无穷。当一个人把自卑踩在脚下的时候，当一个人决定不再接受别人的怜悯的时候，当一个人决心要给他人带来微笑的时候，这个人自己也无法了解的潜藏在内心深处的能量就爆发了。

罗斯福的成长史

美国总统罗斯福是一个有缺陷的人，小时候是一个脆弱胆小的学生，在学校课堂里总显露出一种惊惧的表情。他呼吸就好像喘大气一样。如果被喊起来背诵，立即会双腿发抖，嘴唇也颤动不已，回答起来，含含糊糊，吞吞吐吐，然后颓然地坐下来。由于牙齿的暴突，难堪的境地使他更无法有一个好的面孔。

像他这样一个小孩，自我的感觉一定很敏感，常会回避同学间的任何活动，不喜欢交朋友，很容易就会成为一个只知自怜的人。然而，罗斯福虽然有这方面的缺陷，但却有着奋斗的精神——一种任何人都可具有的奋斗精神。事实上，缺陷促使他更加努力奋斗。他没有因为同伴对他的嘲笑而减少勇气。他喘气的习惯变成了一种坚定的嘶声。他用坚强的意志，咬紧自己的牙床使嘴唇不颤动而克服他的惧怕。

没有一个人能比罗斯福更了解自己，他清楚自己身体上的种种缺陷。他从来不欺骗自己，认为自己是勇敢、强壮或好看的。他用行动来证明自己可以克服先天的障碍而得到成功。

感悟
ganwu

缺陷在弱者那里成为自卑的理由，而在强者那里，却是奋斗的起点和动力。

23

凡是他能克服的缺点他便克服，不能克服的他便加以利用。通过演讲，他学会了如何利用一种假声，掩饰他那无人不知的暴牙。虽然他的演讲中并不具有任何惊人之处，但他不因自己的声音和姿态而遭失败。他没有洪亮的声音或是威严的姿态，他也不像有些人那样具有惊人的辞令，然而在当时，他却是最有力量的演说家之一。

由于罗斯福没有在缺陷面前退缩和消沉，而是充分、全面地认识自己，在意识到自我缺陷的同时，能正确地评价自己，在顽强之中抗争，不因缺憾而气馁，甚至将它加以利用，变为资本，变为扶梯而登上名誉巅峰，在晚年，已经很少有人知道他曾有严重的缺陷。

别在冬天里砍树

曾听说过一个故事：父亲在冬天砍掉一棵枯树，到了春天，他惊奇地发现树桩上又萌发了一圈新绿。于是父亲对孩子说：当时我真的以为这棵树已经死了，树叶掉得一片不剩，光秃秃的枝丫也不断地往地上落。现在才知道，它看似枯死的躯干还蕴藏着活力。孩子，不要忘了这个教训，不要在冬天里砍树。对于处于逆境中的事物，绝不要事先得出消极的结论。耐心等待，冬天会过去，春天会到来。

在冬天看见春天，是一种智慧，但这种智慧往往被我们忽略。人生所遭受的心灵砍伐总是屡见不鲜的，这从我们的孩童时期就开始了。一有过错，家长就会发怒：你一辈子都不会有出息。成绩不好，老师会指责：你蠢笨如驴，不会有什么作为……这些简单武断的否定，无形之中就扼杀了孩童与生俱来的天分，让本来很有潜力的孩子，过早就失去了活力，倒在自卑的阴影里。这与在冬天砍伐一棵树有着一样的道理。

卡耐基小时候是一个公认的非常淘气的坏男孩。在他9岁的时候，父亲把继母娶进家门。当时他们是居住在弗吉尼亚州乡下的贫苦人家，而继母则来自较好的家庭。他父亲一边向她介绍卡耐基，一边说："亲爱的，希望你注意这个全县最坏的男孩，他可让我头疼死了，说不定会在明天早晨以前就拿石头扔向你，或者做出别的什么坏事，总之让你防不胜防。"出乎卡耐基意料的是，继母微笑着走到他面前，托起他的头看着他，接着又看着丈夫说："你错了，他不是全县最坏的男孩，而是最聪明、但还没有找到发泄热忱的地方的男孩。"继母说得卡耐基的心里热乎乎的，眼泪几乎滚落下来。就凭着她这一句话，他和继母开始建立友谊。也就是这一句话，成为激励他的一种动力，使他日后创造了成功的28项黄金法则，帮助千千万万的普通人走上成功和致富的光明大道。因为在她来之前没有一个人称赞过他聪明。

最残酷的伤害是对一个人的自信心的伤害，最大的帮助是给人以能支撑起人生信念风帆的信任和赞美。

· 肯定自己 ·

1960年，哈佛大学的罗森塔尔博士曾在加州一所学校做过一个著名的实验。

新学年开始时，罗森塔尔博士让校长把三位教师叫进办公室，对他们说："根据你们过去的教学表现，你们是本校最优秀的老师。因此，我们特意挑选了100名全校最聪明的学生组

感悟
ganwu

在做任何事情之前，如果能够充分肯定自己，就等于已经成功了一半。当你面对挑战时，你不妨告诉自己：你就是最优秀的和最聪明的，那么结果肯定是另一种模样。

成三个班让你们教。这些学生的智商比其他孩子都高，希望你们能让他们取得更好的成绩。"

三位老师都高兴地表示一定尽力。校长又叮嘱他们，对待这些孩子，要像平时一样，不要让孩子或孩子的家长知道他们是被特意挑选出来的，老师们都答应了。

一年之后，这三个班的学生成绩果然排在整个学区的前列。这时，校长告诉了老师们真相：这些学生并不是刻意选出的最优秀的学生，只不过是随机抽调的最普通的学生。老师们没想到会是这样，都认为自己的教学水平确实高。这时校长又告诉了他们另一个真相，那就是，他们也不是被特意挑选出的全校最优秀的教师，也不过是随机抽调的普通老师罢了。

这个结果正是博士所料到的：这三位教师都认为自己是最优秀的，并且学生又都是高智商的，因此对教学工作充满了信心，工作自然非常卖力，结果肯定非常好了。

让自豪战胜自卑

我在县城上初中的年月里，幼小的心灵上，有时会隐约萦绕一层自卑的阴影。

当时，因为家境贫穷，虽然每月有7元钱的助学金可以勉强解决我的伙食，但在穿戴以及其他生活用品方面，就显得很寒酸了。以至在同学们的眼里，我成了生活上的"贫困阶层"。

因贫困而自卑，曾使我感到尴尬和难为情。在宿舍里一个长条木板上，整齐地摆放着同学们的一排牙具：搪瓷牙缸和牙膏、牙刷，而靠边上我的那一套，用的是粗瓷白色饭碗和牙粉。每每看到它，我都会垂下头来，心里一阵酸楚，觉得物贱人亦卑。在长条木板的下面，摆放着同学们的一排花花绿绿的

搪瓷脸盆，而靠在头上我的那个土色瓦盆，却分外显眼。每每用它洗脸，我都要悄悄蹲在地上，面向墙角，不愿见人。

然而，我也有自豪的事，那就是我的学业。尤其是我的作文，几乎每篇都会被老师当范文，在课堂上向同学宣读。有的作文，老师还亲自用毛笔誊写在方格纸上，贴在墙上，供同学们阅读学习。每当此时，我的自豪感便会油然而生，并决心要进一步写好每一篇作文。

有一次，老师让我向同学们谈谈自己写作文的心得。我望着讲台下那一双双钦佩的目光，似乎找到了自己的价值，也自信了许多。事后，有的同学还特地向我请教了有关作文开头、结尾的方法。

渐渐地，我心灵上的自卑为自豪所冲淡，确切地说，是自豪战胜了自卑。这也为我以后多年的学习、工作和生活，奠定了健康的心灵基础。

我深感，在人生道路上，每个人都会有自卑的时候，也会有自豪的时候。让自豪战胜自卑，我们才不会丧失前进的勇气和信心。

|感 悟
gɑnwu

"不以物喜，不以己悲"，说来不难，做到不易。为自己的努力成果而自豪，不为家境的贫穷而自卑，才是正确的选择。而且我们最终会看到，自豪越来越多，信心也越来越强。

27

第2章

挫折是天赐的礼物

坚强的张海迪说：在人生的道路上，谁都会遇到困难和挫折，就看你能不能战胜它。战胜了，你就是英雄，就是生活的强者。

诗人雪莱有一句诗：如果你十分珍爱自己的羽毛，不使它受一点损伤，那么，你将失去两只翅膀，永远不再能够凌空飞翔。

泰戈尔也有一句诗：上天完全是为了坚强我们的意志，才在我们的道路上设下重重的障碍。

的确，挫折是人生的必修课，是人生必经的道路，是人生的财富，是天赐的礼物；挫折的磨炼，使人拥有更坚强有力的翅膀，使人拥有更灿烂精彩的未来。

沃尔曼试金石

那是 1959 年的夏天，我在一家度假旅馆打工，做夜班服务台值班员，兼在马厩协助看管马匹。旅馆老板是瑞士人，他对待员工的做法是欧洲式的。我和他合不来，觉得他是一个法西斯主义者，对员工非常苛刻。我当时 22 岁，大学刚毕业，没有经历过什么世事。

有一个星期，员工每天晚餐都是同样的东西：两根维也纳香肠、一堆泡菜和不新鲜的面包卷。我们每个月都要从工资中扣除伙食费，拿钱来买这种食物，整个星期我都为此感到异常愤慨。

这周星期五晚上 11 点，我在服务台当班。当走进厨房时，我看到一张便条，是老板写给厨师的，告诉他员工还要多吃两天小香肠及泡菜。我勃然大怒，因为当时没有其他更佳的听众，我就把所有不满一股脑儿向刚来上班的夜班查账员沃尔曼宣泄。我说我忍无可忍了，要去拿一碟小香肠及泡菜，吵醒老板，用那碟东西掷他。什么人也没有权力要我整个星期吃小香肠和泡菜，而且还要我付账。老天，我非常讨厌吃小香肠和泡菜，要我再吃一天都难受。整家旅馆都糟透了，我要卷铺盖走人，炒老板鱿鱼。我这样痛骂了 20 分钟，还不时拍打桌子，踢椅子，不停地咒骂。

当我大吵大闹时，沃尔曼一直安静地坐在凳子上，用忧郁的眼神望着我。他曾在奥斯威辛纳粹德国集中营关过 3 年，最后死里逃生。他是一名德国犹太人，身材瘦小，经常咳嗽。他喜欢上夜班，因为他孤身一人，既可沉思默想，又可以享受安静，更可以随时走进厨房吃点东西——维也纳小香肠和泡菜对他来说是美味佳肴。

"听着，弗尔钦，听我说，你知道你的问题在哪里吗？不

是小香肠和泡菜，不是老板，也不是这份工作。"

"那么到底我的问题在哪里？"

"弗尔钦，你以为自己无所不知，但你不晓得不便和困难的分别。若你弄折了颈骨，或者食不果腹，或者你的房子起火，那么你的确有困难。其他的都只是不便。生命就是不便，生命中充满种种坎坷。

"学习把不便和困难分开，你就会活得长久些，也会过得更加愉快一些。"

他挥手叫我去睡觉，那手势既像打发我，又像祝福我。

有生以来很少有人这样给我当头一棒。那天深夜，沃尔曼使我茅塞顿开。

此后 30 年来，我每逢挫折，被逼得无路可退，快要愤怒地做出蠢事时，我脑海中就会浮现一张忧伤的面孔，问我："弗尔钦，这是困难还是不便？"

我把这句话叫做沃尔曼试金石。

磨难之后是成功

在奥运历史上，记载着一位曾经三次获得奥运会冠军的黑人长跑运动员，她就是被誉为"黑羚羊"的威尔玛·鲁道夫。她在赛场上的矫健身姿曾经让无数人为之欢呼呐喊，但是令人无法置信的是，她小时候曾经左腿瘫痪，还拄过拐杖。

威尔玛出生在美国田纳西州一个普通的铁路工人家庭，家里人口众多，家境十分贫寒。家里一共有 22 个孩子，她排行二十，根本不可能得到特殊的照顾。家里的众多兄弟姐妹都听天由命地成长，而她在出生时是早产，几乎丧命，身体十分赢弱。在她长到 4 岁的时候，肺炎和猩红热袭击了她，尽管家里人想办法给她一些关照，但是毕竟条件太艰苦了，她只能在死亡线上苦苦挣扎。幸运的是，最后她终于挺了过来，逃脱了死

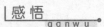
感悟 ganwu

当我们看见脚有残疾的人仍在顽强地奔跑的时候，我们还会为自己没有鞋穿而懊恼吗？生活的不幸诚然会让我们遭受痛苦，但如果我们把它作为哀叹的借口，作为我们放弃奋斗的理由，那才是真正的不幸。

亡。能够逃脱死亡是侥幸的，而她的一条左腿因此瘫痪。她成为一个瘸子，只能借助金属支架艰难地行走。那时候，谁也不相信她能够平安长大，更不要说成为奥运冠军了。一个残疾人，在那样的家庭里，只能吃更多的苦，这是命运对她的一次大考验。

到了9岁的时候，她开始努力挣脱金属支架，她要自己站起来行走。无数次摔跤，无数次汗水湿透了衣服，但是她还是成功地扔掉了金属支架，终于站起来了。在更多次的流汗之后，她终于能够正常行走。所有的医生都认为这是一个奇迹。这时候，她已经13岁。她作出了一个疯狂的决定，她要成为一名长跑运动员。谁都可以预料到，这是一场艰苦的考验，而且旷日持久。

她开始了训练，参加了她的第一次比赛。那次，她是最后一名，被人们无情地嘲笑，但是她仍然艰苦地练习着。一次又一次参加比赛，始终是最后一名。在所有人的劝说中，她不为所动，仍然坚持着。直到有一天她赢得了一个小小的胜利。她欣喜若狂，看到了希望，继续不懈地坚持。最终，她成功了。而后，不断地成功，直到站到了奥运会的领奖台上。

潜水衣与蝴蝶

博迪是法国的一名记者，在1995年的时候，他突然心脏病发作，导致四肢瘫痪，而且丧失了说话的能力。被病魔袭击后的博迪躺在医院的病床上，头脑清醒，但是全身的器官中，只有左眼还可以活动。可是，他并没有被病魔打倒，虽然口不能言，手不能写，他还是决心要把自己在病倒前就开始构思的作品完成并出版。出版商便派了一个叫门迪宝的笔录员来做他的助手，每天工作6小时，给他的著述作笔录。

博迪只会眨眼，所以就只有通过眨动左眼与门迪宝来沟通，逐个字母逐个字母地向门迪宝背出他的腹稿，然后由门迪宝抄录出来。门迪宝每一次都要按顺序把法语的常用字母读出来，让博迪来选择，如果博迪眨一次眼，就说明字母是正确的。如果是眨两次，则表示字母不对。

由于博迪是靠记忆来判断词语的，因此有时就可能出现错误，有时他又要滤去记忆中多余的词语。开始时他和门迪宝并不习惯这样的沟通方式，所以中间也产生了不少障碍和问题。刚开始合作时，他们两个每天用 6 小时默录词语，每天只能录一页，后来慢慢加到 3 页。几个月之后，他们历尽艰辛终于完成这部著作。据粗略估计，为了写这本书，博迪共眨了左眼 20 多万次。这本不平凡的书有 150 页，已经出版，它就是《潜水衣与蝴蝶》。

这个世界上，聪明的人并不是很少，而成功的，却总是不多。很多聪明人之所以不能成功，就是因为他在已经具备了不少可以帮助他走向成功的条件时，还在期待能有更多一点成功的捷径展现在他面前；而能成功的人，首先就在于，他从不苛求条件，而是竭力创造条件——就算他只剩了一只眼睛可以眨。

| 感 悟 |
| ganwu |

不苛求条件，而是竭力创造条件，在这样的精神面前，就算剩下一只眼睛，也依然阻挡不了一个人成功的步伐，依然不能打败一个拥有坚强精神的生命！

使自己成为珍珠

有一个自以为全才的年轻人，毕业后屡次碰壁，一直找不到理想的工作。他觉得自己怀才不遇，对社会感到非常失望。多次的碰壁经历，也让他伤心绝望。他认为没有伯乐来赏识他这匹"千里马"。痛苦绝望之下，有一天，他来到海边，打算就此了结自己的生命。在他正要自杀的时候，附近一位老人经过这里，看见了他，并且救了他。老人问他为什么要走绝路，他说自己得不到社会的承认，没有人欣赏并重用他……

老人从脚下的沙滩上捡起一粒沙子，让年轻人看了看，然后随便扔在地上，并对年轻人说："请你把我刚才扔在地上的沙子捡起来。"

当得不到他人的承认，在生活中处处受挫时，不要去抱怨他人不识千里马，也不必自叹怀才不遇，而要勉励自己去变成一颗真正的珍珠。如果你是一颗珍珠，自然会有人赏识。

"这根本不可能。"年轻人说。

老人没有说话，从口袋里掏出一颗珍珠，让年轻人看了看，然后又随便把它扔在地上，对年轻人说："请你把我刚才扔在地上的珍珠捡起来。"

"当然可以。"

"那你就应该明白为什么了吧。你应该明白，你现在不是一颗珍珠，所以得不到别人的承认，那你就要想办法让自己成为一颗珍珠才行。"年轻人蹙眉低首，一时无语。

有的时候，你必须知道自己是普通的沙砾，而不是价值连城的珍珠，你要卓尔不群，就必须具有鹤立鸡群的资本才行。所以，忍受不了打击和挫折，忍受不了忽视和批评，就很难达到辉煌。

要想卓尔不群，就必须使自己成为一颗珍珠。

·寻找挫折·

人生在世，不免会遇到大大小小的挫折。挫折纵然无情，但它却能给人以砥砺，让人们在挫折中站稳脚，苦苦地追求成功。

人在所遭受的一个又一个挫折中日渐趋于顽强，找到自己的人生目标，从而为自己树一帧美丽的风景。

我酷爱文学。为了它我付出了一切，曾经疯狂过、失败过。但是，我没有放弃，我为我的文学梦坚强地走着……

然而，事与愿违。

1999年的春天，我带着泪水、带着遗憾放下了心爱的文学，离开了学校。因为家里实在不能供我读书了。我问自己：难道我的梦就这样断了吗？大地如此广阔，阳光如此灿烂，我的一方净土在哪里？挫折和困难就这样把我压倒了吗？我知道家里的境况，没有说什么，收拾了几件衣服离开了这块贫瘠的土地。邻里的乡亲们纷纷外出打工，有的下深圳，有的闯上海。我选择了离家最近的大都市——南京。

到了南京，我举目无亲，带着瘦弱的身体在偌大的南京城转了几天，因为没有手艺，所以没有任何人雇我工作。身上带的钱一点也不敢花，晚上拾几张旧报纸睡在街心花园广场。初春的夜风，寒冷刺骨。我望着漆黑的夜空，数着几颗零落的星星，想着那百里之外贫困而温暖的家，不禁流下了眼泪。待了十几天，始终没有找到适合我做的事。也许是我太小了，毕竟才15岁。无奈，我只好回家帮父母做些力所能及的事。

农闲时，我在家中埋头练笔，经常把自己认为写得最好的文章投向各大报社、杂志社。而我所做出的一切换来的却是一封封退稿信和无尽的歧视、嘲笑。"'大坐家'！到现在发表多少文章了呀？全国那么多大作家、名记者，那些报社、杂志社怎么会登你的文章呢？别妄想了！"于是，在乡亲们的嘲笑声中我有了一个称号——坐家。

然而，我没有背弃我的理想，强忍着眼眶中打转的泪水，我在日记本上写下：坚持，坚持，再坚持！挫折算什么，只不过是我生活中的调味品罢了！有了它生活才会有滋有味。

后来我终于成功了，在"今日作家网""榕树下"发表作品数十篇，在鲁迅文学院少年作家高级班学习，还有幸成为了某报的记者。然而，我没有在这一切中满足，我没有放松，没有停滞。我在不断地寻找挫折，因为我的生活需要挫折，在挫折中我能找到坚强。

用光挫折感

有个女孩在澎湖列岛出生后就被父母送给别人寄养。15岁时，好赌成性的养父决定把她卖掉，可是，这女孩偷偷离开养父母只身到了台湾。因为她觉得"为什么自己的命运要掌握在别人手里"。这女孩到台湾后，打零工、织毛衣、摆水果摊、卖鱼、开小吃店……拼命赚钱，也赔了很多钱。

感 悟
ganwu

挫折是对心灵的考验，经受挫折，心才会更坚强。人生需要挫折，需要它为你的生活定下目标。既然人生的旅程离不开挫折，那么就在暴雨倾盆中接受洗礼吧！

　　如今，她是五十多岁的妇人了。但是，她也成为一家直销公司年薪千万的超级业务员。

　　这妇人常对别人说："我的挫折感早在年轻时都用光了！"这句话真给我十足的震撼！

　　是的，她没什么学历，她曾一无所有还差点儿被卖，她不敢奢望有"金手指"，只是脚踏实地、积极乐观地工作，也不畏惧跌倒失败，因为"挫折感早在年轻时用光了"。现在她对挫折已经"免疫"了。

　　人生是一场面对种种困难的无休止挑战，也是多事多难的"漫长战役"，所以不可能有"心想事成"的事。试想如果点石能成金、心想能事成，人生还有什么乐趣可言？

　　假如大家都是"亿万富翁"，打篮球投篮时每个人都能"百发百中"，打棒球时阿猫阿狗都可以击出"全垒打"，那还有什么意思呢？球场早就关门了！

　　篮球之所以吸引人，是超级运动员在"不可能投进的角度"仍然扭腰挺身，擦板得分。人生之所以值得喝彩，是因为在艰难困苦中依然昂首挺胸，屹立不摇。再说，如果人人都能"心想事成"也不是件多好的事！

只是一团污迹

　　1867年，玛丽诞生于波兰首都华沙。她的父亲是中学的数学和物理教员。玛丽从小就爱好科学，父亲房间里放着的物理仪器、矿物标本等，都引起了她的兴趣。1891年，玛丽带着积攒下来的钱，只身来到法国，进入巴黎大学理学院读书。

　　在巴黎求学的4年里，玛丽以非凡的毅力过着贫寒的生活，克服了常人难以想象的困难。在漫长的冬季，住在顶层阁楼中的玛丽因寒冷而无法入睡，她便从箱子里取出所有的衣服穿在身上或盖在被子上，有时她甚至把椅子拉过来压在被子上取暖。

对科学知识无止境的追求，使她忘记物质上的困窘，她似乎被一种神奇的力量驱使着，在科学的海洋里漫游，不知疲倦，永不停歇。为实现自己的抱负，她放弃一般年轻女子的快乐享受，过着与世隔绝的枯燥生活，萦绕在她头脑中的只有学习和工作。她对自己的要求始终很高，她不满足一个物理学硕士学位，她还要争取获得数学硕士学位，她不断鞭策自己在科学研究的道路上奋勇向前。就是凭着这种坚韧不拔、永远进取的精神，她在科学领域里逐渐崭露头角，并且最终成为一颗耀眼的明星。

　　1895 年，玛丽和居里结婚。以后，人们才开始称玛丽为居里夫人。后来，在世界上他们第一次发现并提取了放射性元素镭。居里夫人的工作条件是比较艰苦的，设备相当简陋。在提取和寻找镭的过程中，居里夫人常常在她的"实验室"里搬成袋子的沥青矿渣，把它们倒在一口大铁锅里，用粗棍子搅拌。由于居里夫人只是理论上推测但无法证明新元素镭，所以巴黎大学的董事会拒绝为她提供她所需要的实验室、实验设备和助理员，她只能在校内一个无人使用的四面透风漏雨的破旧大棚子里进行实验。她工作了 4 年，最初两年做的是粗笨的化工厂的活儿，不断地溶解分离，最后剩下的就是镭。经过 1 000 多个日夜的辛苦工作，8 吨小山一样的矿渣最后只剩下小器皿中的一点液体，再过一会儿将结晶成一小块晶体，那就是新元素镭！当她满怀希望抑制住激烈跳动的心朝那只小玻璃器皿中看时，她看到 4 年的汗水和 8 吨的沥青矿渣最后的结果只是一团污迹！假如换了别人，也许会很生气，大发火，然后把那个小器皿连同里面的那团污迹摔得粉碎！但是居里夫人没有，幸亏没有。居里夫人疲倦地回到家，晚上她躺在床上，还在想着那团污迹，想找出失败的原因："如果我知道为什么失败，我就不会对失败太在意了。为什么只是一团污迹，而不是一小块白色或无色晶体呢？那才是我们想要的镭。"居里夫人像是对自己又像是对居里说着。突然，她眼睛一亮：也许镭就

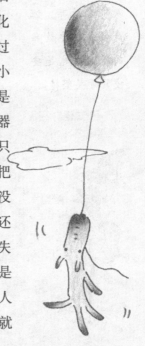

是那个样子，不像预测的那样是一团晶体。他们起身跑到实验室，还没等开门，居里夫人就从门缝里看到了她伟大的发现：器皿里不起眼的那团污迹，此时在黑夜中发出耀眼的光芒。这就是镭——一种具有极强放射性的新被发现的元素！

《嘉莉》的诞生

一位熨衣工人住在拖车房屋中，周薪只有60元。他的妻子上夜班，不过即使夫妻俩都工作，赚到的也只能勉强糊口。他们的婴儿耳朵发炎，他们只好连电话也拆掉，省下钱去买抗生素治病。

这位工人希望成为作家，夜间和周末都不停地写作，打字机的噼啪声不绝于耳。他的余钱全部用来付邮费，寄原稿给出版商和经纪人。

他的作品全被退回了。退稿信很简短，非常公式化，他甚至不敢确定出版商和经纪人究竟有没有看过他的作品。

一天，他读到一部小说，令他记起了自己的某个作品，他把作品的原稿寄给那部小说的出版商，他们把原稿交给了皮尔·汤姆森。

几个星期后，他收到汤姆森的一封热诚亲切的回信，说原稿的瑕疵太多。不过汤姆森的确相信他有成为作家的希望，并鼓励他再试试看。

在此后18个月里，他再给编辑寄去两份原稿，但都退还了。他开始试写第4部小说，不过由于生活逼迫，经济上左支右绌，他开始放弃希望。

一天夜里，他把原稿扔进垃圾桶。第二天，他妻子把它捡回来。"你不应该中途而废，"她告诉他，"特别在你快要成功的时候。"

他瞪着那些稿纸发愣。也许他已不再相信自己，但妻子却相信他会成功。一位他从未见过面的纽约编辑也相信他会成

功。因此每天他都写 1 500 字。

他写完了以后，把小说寄给汤姆森，不过他以为这次也准会失败。

可是他错了。汤姆森的出版公司预付了 2 500 美元给他，史蒂芬·金的经典恐怖小说《嘉莉》就这样诞生了。这本小说后来销售了 500 万册，并摄制成电影，成为 1976 年最卖座的电影之一。

挫折的神奇魅力

我们每个人身上都存在着惰性，如果没有挫折的激发，就会耽于安逸，使得潜能隐没于体内，终生得不到发掘。挫折可以促使一个人发愤图强，甚至挑战生命的极限。

传说，在中国远古的战场上，曾经有一名士兵被敌人的一种小箭射伤，伤口并不是很痛，也没有流出很多的血。

这名士兵的同僚们帮他把箭拔出来，送他回后方养伤。经过一段日子，发现他原先早已罹患的某些疾病，在这一次箭伤之后，居然出现慢慢改善的现象。没多久，在战场上，另外一名士兵也被箭射中了，竟然又出现同样的现象；经过战场上的军医观察发现，有许多士兵都出现了这样的情况。

有几位比较敏感的军医注意到这种现象，深入地加以研究，逐渐得到结论，并依照他们的研究成果进行实践，后来便发展出今天中医上独具特色的针灸疗法。

据说，这场因箭伤而发展成针灸医术的战役，已经是 2 600 年前的事情了。

从一个小小的箭伤，而发展成为今日中医重要医术的针灸。在生命当中，不断隐藏着大自然将要启示我们的奥秘，就看我们自己是不是有足够的细心与智慧，能够正确地将它发掘出来。

下一次，若是有人故意用恶毒言语的小箭射中你，你是要沉溺在伤口的痛苦当中，还是要试着从中找出可以医治更多人

感悟
gǎnwù

挫折就像医生在我们手臂上注射的疫苗，虽然在短时间内，种疫苗的地方会出现难忍的疼痛，甚至还会流血，但在伤口痊愈的同时，也把那些可怕的疾病挡在了身体之外。每经历一次挫折，就代表我们在成长的道路上迈进一步。

的绝妙医术呢？

或许，人生当中有许多遭受"伤害"的机会；更有许多人，喜欢用"受到伤害"作为借口，来逃避许多自己必须面对的重要责任。但是，千万别忘了，除非你自己愿意，否则没有任何人可以伤害你。

但愿你能记住，在挫折当中，可以学到的东西更多；在遭到所谓"伤害"的同时，你将会得到更好的成长机会！

·狮 子·

一个障碍，就是一个新的已知条件，只要你愿意，任何一个障碍，都会成为一个超越自我的契机。

有一天，素有"森林之王"之称的狮子，来到了天神面前："我很感谢你赐给我如此雄壮威武的体格、如此强大无比的力气，让我有足够的能力统治这整片森林。"

天神听了，微笑地问："但是这不是你今天来找我的目的吧！看起来你似乎为了某事而困扰呢！"

狮子轻轻吼了一声，说："天神真是了解我啊！我今天来的确是有事相求。因为尽管我的能力再好，但是每天鸡鸣的时候，我总是会被鸡鸣声给吓醒。神啊！祈求您，再赐给我一个力量，让我不再被鸡鸣声给吓醒吧！"

天神笑道："你去找大象吧，它会给你一个满意的答复的。"

狮子急匆匆地跑到湖边找大象，还没见到大象，就听到大象跺脚所发出的"砰砰"的响声。

狮子加速跑向大象，却看到大象正气呼呼地直跺脚。

狮子问大象："你干吗发这么大的脾气？"

大象拼命摇晃着大耳朵，吼着："有只讨厌的小蚊子，总想钻进我的耳朵里，害我都快痒死了。"

狮子离开了大象，心里暗自想着："原来体型这么巨大的大象，还会怕那么瘦小的蚊子，那我还有什么好抱怨呢？毕竟鸡鸣也不过一天一次，而蚊子却是无时无刻地骚扰着大象。这样想来，我可比它幸运多了。"

狮子一边走，一边回头看着仍在跺脚的大象，心想："天神要我来看看大象的情况，应该就是想告诉我，谁都会遇上麻烦事，而他并无法帮助所有人。既然如此，那我只好靠自己了！反正以后只要鸡鸣时，我就当做鸡是在提醒我该起床了，如此一想，鸡鸣声对我还算是有益处呢！"

挫折与生活

以前，我认为我的生活应该没有一点挫折，就应该风平浪静。可是往往当一个人在经历了一些事情后，想法就会不同了。

上学的时候，我一直是一个没有上进心的、整天除了吃喝玩乐对什么都没兴趣的人。而且，我的性格太不像女孩子，什么事、什么话都敢说。所以，同学们经常和我开一些很伤我自尊心的玩笑，甚至当面贬低我。每次我心里都特别难过，原来自己在同学们的心里是这样的。慢慢地，我变得很自卑。

可是，我天生性格不服输。在临近考试前三个月我决定，要做点什么证明自己是一个有上进心、有远大理想、会努力的好女孩，我要证明自己并不差。

我取消了几乎所有的娱乐时间，比如逛街、看电视……有时候我真想放弃了，可是每次想到心中那个目标，我就坚持下来。做这些为的是什么？只为证明自己的价值。这样的生活，我每天都重复着，坚持了三个月，老师、同学以及我的妈妈都看到了，慢慢地大家不再贬低我，都夸我很努力。也有同学问我："你这么拼命到底是为了什么？为了奖学金吗？"每次，我都只是淡淡地一笑了之。

感悟
gǎnwù

生活往往很残酷，并不是我们所希望的那么美好。可是，正是因为生活的磨难与艰辛才会磨炼人的意志。所以，人应该是在逆境中磨炼长大的。"不经历风雨，怎能见彩虹？"

时间在不经意之间到了考试，我真的很高兴，因为自己的付出马上就要得到回报了。在等待考试成绩出来的那几天，我一直对自己的成绩有很好的期望，可是让我失望的是，考试成绩很差，比我料想的差了一大截。我整天把自己关在家里，哪儿也不去。我的朋友们打电话来安慰我。想到自己的成绩还是可以上大学本科的，慢慢地，在朋友们的鼓励下，我渐渐地又变得开心了。

可是，没过几天，爸爸来了，狠狠地责备了我，说老师给他打电话说我的成绩是全班倒数第三，只能上专科。他责备我整天就知道玩，不知道生活的目标。他不知道为了考试我所付出了多少汗水。我并不怪他，因为我父母离异，我跟着妈妈一起生活，他没有看到我的努力、我的变化、我的付出。

爸爸生了好大的气，他和妈妈把我关在家里，不让我出门。我太委屈了，一时激怒，就和爸爸大吵起来。

事后，我和父母都慢慢从暴怒中冷静了下来，我们开始谈心，心平气和地沟通。那几天，我也想了很多，以后，再也不会和父母闹矛盾了，有了这次经历，我变得成熟了。我想说：不论什么时候，不论我走到哪儿，不管在以后的生活中遇到多么大的困难，我都能够坚强。

·所谓成功·

一位父亲很为他的孩子苦恼。因为他的儿子已经十五六岁了，可是一点男子气概都没有。于是，父亲去拜访一位禅师，请他训练自己的孩子。

禅师说："你把孩子留在我这边，3个月以后，我一定可以把他训练成真正的男人。不过，这3个月里面，你不可以来看他。"父亲同意了。

3个月后，父亲来接孩子。禅师安排孩子和一个空手道教

练进行一场比赛，以展示这 3 个月的训练成果。

教练一出手，孩子便应声倒地。他站起来继续迎接挑战，但马上又被打倒，他就又站起来……就这样来来回回一共 16 次。

禅师问父亲："你觉得你孩子的表现够不够男子气概？"

父亲说："我简直羞愧死了！想不到我送他来这里受训 3 个月，看到的结果是他这么不经打，被人一打就倒。"

禅师说："我很遗憾你只看到表面的胜负。你有没有看到你儿子那种倒下去立刻又站起来的勇气和毅力呢？这才是真正的男子气概啊！"

站起来比倒下去多一次便是成功。

战胜残疾的巴雷尼

巴雷尼小时候因病残疾，母亲的心就像被刀绞了一样疼，但她还是强忍住自己的悲痛。她想，孩子现在最需要的是鼓励和帮助，而不是母亲的眼泪。母亲来到巴雷尼的病床前，拉着他的手说："孩子，妈妈相信你是个有志气的人，知道你不会因挫折而对人生失去希望。我相信你能用自己的双腿，在人生的道路上勇敢地走下去！我说的对吗？"

母亲的话像铁锤一样敲击着巴雷尼的心扉，他"哇"的一声扑到母亲怀里大哭起来。

从那以后，母亲只要一有空，就帮巴雷尼练习走路，做体操，常常累得满头大汗。有一次，母亲得了重感冒，她想，做母亲的不仅要言传，还要身教。尽管自己发着高烧，她还是下床按计划帮助巴雷尼练习走路。黄豆般的汗水从母亲脸上淌下来，她用干毛巾不停地擦汗。而巴雷尼也咬着牙，强忍着心疼母亲的泪水，完成了锻炼计划。

体育锻炼弥补了残疾给巴雷尼带来的不便。母亲的榜样作

只要面对挫折和失败没有放弃，就是胜利，就是精神上的强者。

疾病打不倒坚强的人。巴雷尼的母亲帮助儿子战胜了身体残疾带来的的巨大挫折，最终使儿子走向了成功。所以说，伟人的成功，并不在于他才华横溢、智慧超群，而是因为他在困难和挫折面前不低头，有一颗勇于战胜挫折的心。

43

用，更是深深教育了巴雷尼，他终于经受住了命运给他的严酷打击。他刻苦学习，学习成绩一直在班上名列前茅。最后，他以优异的成绩考进了维也纳大学医学院。大学毕业后，巴雷尼以全部精力致力于耳科神经学的研究。最后，他终于登上了诺贝尔生理学和医学奖的领奖台。

爬起来比跌倒多一次

在首都华盛顿的一次演讲中，西奥多·罗斯福说："我希望每一个美国人都有坚强的意志，绝不被生活中暂时的挫折所吓倒。每一个人都会遇到打击，请你从失败中奋起，去拥抱胜利吧！"

"从失败中奋起，去拥抱胜利。"这就是千百万勇敢而高贵的人取得成功的秘诀。

在拿破仑的12万军队被奥地利的75万军队打败后，他对他的士兵们说："我对你们非常失望。你们既没有纪律，也没有勇气。这里本应一夫当关，万夫莫开，而你们却一败涂地。你们不配做法兰西的战士。"

这些面容凄惨的老兵眼含热泪回答说："您错怪我们了，敌人的军队是我们的几倍啊！再给我们一次机会，派我们去最危险的地方，看我们是不是勇敢的法兰西战士。"在第二次战役中，他们成了先锋部队。

一次龙卷风过后的第二天，我沿着龙卷风扫过的路线走过。我发现龙卷风摧毁了一切脆弱的东西。腐烂的树干或者不坚硬的树木被折断了。只有那些真正结实的树才经受住了考验。

村中的房屋除了那些地基深厚的以外，都被摧毁了。那些建造时只花了很少的钱，又是由那些没有经验、品质不高的人建造的房屋都倒塌了；那些投资很大、精心建造的房屋经受住

了考验。同样，当危机来临的时候，那些意志薄弱、毫无斗志的人最先倒下。困难使弱者更弱，强者更强。

温德尔·菲利普斯曾经说过："失败是迈向成功的第一步。"许多人最终迈向了成功，就是因为他们经历了无数次失败。如果他不曾失败过，就不会取得更辉煌的胜利，每一次失败都会使一个勇敢的人更加坚定。如果没有失败的刺激，他或许甘做一个平庸的人。失败让他发愤图强。经历了失败的痛苦，他才找到了真正的自我，感受到了自己真正的力量。

小泥人

上帝的身旁有一群泥人，他们的心也是泥做的。某一天，上帝宣旨说，如果哪个泥人能够走过他指定的河流，他就会赐给这个泥人一颗永不消逝的金子般的心。

这道旨意下达之后，泥人们久久都没有回应。不知道过了多久，终于有一个小泥人站了出来，说他想过河。

"泥人怎么可能过河呢？你不要做梦了。"

"你知道肉体一点儿一点儿失去时的感觉吗？"

"你将会成为鱼虾的美味，连一根头发都不会留下……"

然而，这个小泥人决意要过河。他不想一辈子只做这么个小泥人。他想拥有自己的天堂。但是，他也知道，要到天堂，得先过地狱。

而他的地狱，就是他将要去经历的河流。

小泥人来到了河边。犹豫了片刻，他的双脚踏进了水中。一种撕心裂肺的痛楚顿时覆盖了他。他感到自己的脚在飞快地溶化着，每一分每一秒都在远离自己的身体。

"快回去吧，不然你会毁灭的！"河水咆哮着说。

感悟
ganwu

小泥人所要过的河流，就像是我们每个人都必须经历的挫折和磨炼。渡过河流才能到达天堂，经历挫折和磨砺才能实现梦想。能够让泥人顺利过河，能够帮助人实现梦想的是勇气和毅力。

小泥人没有回答，只是沉默着往前挪动，一步，一步。这一刻，他忽然明白，他的选择使他连后悔的资格都不具备了。如果倒退上岸，他就是一个残缺的泥人；在水中迟疑，只能够加快自己的毁灭。而上帝给他的承诺，则比死亡还要遥远。

小泥人孤独而倔强地走着。这条河真宽啊，仿佛耗尽一生也走不到尽头似的。小泥人向对岸望去，看见了美丽的鲜花、碧绿的草地和快乐地飞翔着的小鸟。也许那就是天堂的生活。可是他几乎付出一切也不能抵达。上帝没有赐给他出生在天堂当花草的机会，也没有赐给他一双小鸟的翅膀。但是，这能够埋怨上帝吗？上帝是允许他去做泥人的，是他自己放弃了安稳的生活。

小泥人以一种几乎不可能的方式向前挪动着，一厘米，一厘米，又一厘米……鱼虾贪婪地啄着他的身体，松软的泥沙使他每一瞬间都摇摇欲坠，有无数次，他都被波浪呛得几乎窒息。小泥人真想躺下来休息一会儿啊。可他知道，一旦躺下他就会永远安眠，连痛苦的机会都会失去。他只能忍受，忍受，再忍受。奇妙的是，每当小泥人觉得自己就要死去的时候，总有什么东西使他能够坚持到下一刻。

不知道过了多久——简直就到了让小泥人绝望的时候，小泥人突然发现，自己居然上岸了。他如释重负，欣喜若狂，正想往草坪上走，又怕自己身上的泥土玷污了天堂的洁净。他低下头，开始打量自己，却惊奇地发现，他已经什么都没有了——除了一颗金灿灿的心，而他的眼睛，正长在他的心上。

他什么都明白了：天堂里从来就没有什么幸运的事情。花草的种子先要穿越沉重黑暗的泥土才得以在阳光下发芽微笑，小鸟要跌打、失去无数根羽毛才能够锤炼出凌空的翅膀，就连

上帝，也不过是曾经在地狱中走了最长的路，挣扎得最艰难的那个人。而作为一个小小的泥人，他只有以一种奇迹般的勇气和毅力，才能够让生命的激流荡清灵魂的浊物，然后，照到自己本来就有的那颗金子般的心。

蚌和珍珠

珍子是日本人，她们家世代采珠，她有一颗珍珠，是她母亲在她离开日本赴美求学时给她的。

在她离家前，她母亲郑重地把她叫到一旁，给她这颗珍珠，告诉她说：

"当上帝把沙子放进蚌的壳内时，蚌觉得非常的不舒服，但是又无力把沙子吐出去，所以蚌面临两个选择，一是抱怨，让自己的日子很不好过，另一个是想办法把这粒沙子同化，使它跟自己和平共处。于是蚌开始把它的营养分一部分去把沙子包起来。"

"当沙子裹上蚌给的外衣时，蚌就觉得它是自己的一部分，不再是异物了。沙子裹上蚌的成分越多，蚌越把它当做自己身体的一部分，就越能心平气和地和沙子相处。"

母亲启发她道：蚌并没有大脑，它是无脊椎动物，在生命演化的层次上很低，但是连一个没有大脑的低等动物都知道要想办法去适应一个自己无法改变的环境，把一个令自己不愉快的异己，转变为可以忍受的自己的一部分，人的智能怎么会连蚌都不如呢？

尼布尔有一句有名的祈祷词说："上帝，请赐给我们胸襟和雅量，让我们平心静气地去接受不可改变的事情；请赐给我们力量去改变可以改变的事情；请赐给我们智能，去区分什么是可以改变的，什么是不可以改变的。"

感 悟
ganwu

有些挫折和困境是人们没有办法改变的，这个时候不要抱怨，接受它，用它去磨砺自己的心智。这些挫折和困境会成就你别样的人生。

47

·贼·

有一位青年画家，在还没成名前，住在一间狭窄的小房子里，靠画人像为生。一天，一个富人经过，看他的画工整细致，很喜欢，便请他帮忙画一幅人像。双方约好酬劳是1万元。

一个星期后，人像完成了，富人依约前来拿画。这时富人心里起了歹念，欺他年轻又未成名，不肯按照原先的约定付给酬金。富人心中想着："画中的人像是我，这幅画如果我不买，那么，绝没有人会买。我又何必花那么多钱来买呢？"

于是富人赖账，他说只愿花3 000元买这幅画。青年画家傻住了，他从来没碰过这种事，心里有点慌，花了许多唇舌，向富人据理力争，希望富人能遵守约定，做个有信用的人。"我只能花3 000元买这幅画，你别再啰唆了。"富人认为他居上风，"最后，我问你一句：3 000元，卖不卖？"

青年画家知道富人故意赖账，心中愤愤不平，他以坚定的语气说："不卖。我宁可不卖这幅画，也不愿受你的屈辱。今天你失信毁约，将来一定要你付出20倍的代价。""笑话，20倍，是20万耶！我才不会笨到花20万买这幅画。""那么，我们等着瞧好了。"青年画家对悻悻然离去的富人说。

经过这一个事件的刺激后，画家搬离了这个伤心地，重新拜师学艺，日夜苦练。皇天不负苦心人，十几年后，他终于闯出了一片天地，在艺术界成为一位知名的人物。那个富人呢？自从离开画室后，第二天就把画家的画和话淡忘了。

直到那一天，富人的好几位朋友不约而同地来告诉他："朋友！有一件事好奇怪呀！这些天我们去参观一位成名艺术家的画展，其中有一幅画不二价，画中的人物跟你长得一模一样，标示价格20万。好笑的是，这幅画的标题竟然是'贼'。"

感悟
ganwu

别人欺负侮辱你时，不要低头，不要泄气。把屈辱当成鞭策的动力，把挫折当成上进的阶梯，努力不懈，最后一定能赢回你的尊严。其实，当你选择奋发努力，选择不低头时，你已经赢回了你的尊严。

好像被人当头打了一棍，富人想起了 10 多年前画家的事。这件事对自己的伤害太大了，他立刻连夜赶去找青年画家，向他道歉，并且花了 20 万买回那幅人像画。青年凭着一股不服输的志气，让富人低了头。

给年轻人最好的礼物

他刚从军中退伍时，只有高中学历，无一技之长，只好到一家印刷厂当送货员。

一天，这年轻人将一整车四五十捆的书，送到某大学的七楼办公室。当他先把两三捆书扛到电梯口等候时，一位 50 多岁的警卫走过来，说："这电梯是给教授和其他老师搭乘的，他人一律不准搭乘，你必须走楼梯！"

年轻人向警卫解释："我不是学生，我是要送一整车的书到七楼办公室，这是你们学校订的书啊！"可是警卫一脸无情地说："不行就是不行，你不是教授，不是老师，不准搭电梯！"两人在电梯口吵半天，但警卫依然不予放行，年轻人心想，这一车的书，要搬完，至少要来回走七层楼梯 20 多趟，会累死人的！后来，年轻人无法忍受这无理的刁难，就心一横，把四五十捆书搬放在大厅角落，不顾一切地走人。

后来，年轻人向印刷厂老板解释事情原委，获得谅解，但也向老板辞职，并且立刻到书店买整套高中教材和参考书，含泪发誓，我一定要奋发图强，考上大学，我绝不再让别人瞧不起。

这年轻人在联考前半年，天天闭门苦读 14 个小时，因为他知道，他的时间不多了，他已无退路可走，每当他偷懒、懈怠时，脑中就想起警卫不准他搭电梯，被羞辱歧视的一幕，也就打起精神，加倍努力用功。

后来，这年轻人终于考上某大学医学院。如今，20 多年

过去了，他也变成一家开业诊所的中年医生，然而，他静心一想，当时，要不是警卫无理刁难和歧视，他怎能从屈辱中擦干眼泪、勇敢站起来？而那位被他痛恨的警卫，不也是他一生中的恩人吗？

·在挫折中成长·

记得那是一次班长竞选，无论是从资历、能力还是从对这一职务的熟悉程度上，我认为自己都是这一职务的不二人选，曾经连任的经历也让我自喜到有些骄傲，甚至对这次的竞选都有些满不在乎了。不就是一次竞选吗？走走形式罢了！于是太过自信的我连演讲稿都没写，就参加了班长竞选。

竞选开始时，看到同学们手中一篇篇顺畅且能充分表达自己能力和信心的稿子时，我才开始后悔自己的草率和仓促。可是后悔已经晚了，我前言不搭后语的演讲与别人的准备充分形成了鲜明的对比，结果可想而知，随着老师唱票的声音开始，随着一个个"正"字的增加，我与其他同学的差距越来越大。于是，我心中那片"没面子""丢人"的乌云也越聚越多。而老师宣布结果的时候，也正是我心中失落的大雨从天而降的时候。原本的好心情随着这场大雨的冲刷，消失得无影无踪，只留下怨恨与无奈。

我甚至憎恨同学们都不选我，对我平时的努力置之不顾；我甚至憎恨老师为什么不直接选拔，而非要让我在竞选中丢脸；当然，我更恨自己，为什么竞选之前不好好准备！于是，我心里的重担不断下压，原来那个活泼快乐的我变得整天心事重重，怕别人讨厌我而不敢与同学交流，成绩也一落千丈。

终于，老师发现了我的改变，她把我领进办公室，只对我说了一句话，却令我至今记忆犹新："人生路上布满了荆棘，唯一的办法就是勇敢地从那些荆棘上跨过。"是啊！我怎么没想到呢？因

感悟
ganwu

成长如歌，或高亢、或低沉、或悲戚、或欢快，因为挫折，它变得悦耳；成长如画，或明丽、或昏暗、或浓艳、或黯淡，因为挫折，它变得和谐；成长亦如酒，或芬芳、或浓烈、或清淡、或馥浓，因为挫折，它变得醇厚。我们的成长因挫折而闪光！

为一次小小的挫折，就每天都生活在憎恶与不满的世界里，除了无尽的倒退，还能为我带来什么呢？于是我开始反思！

是啊，作为一名班长，也许我在平时的劳动中不太尽心尽力，我不在乎，也许同学在乎，一个班长怎能不时时刻刻为班级服务；也许在平时的生活中，我喜欢与同学小打小闹，我不在乎，也许他们在乎，一个班长怎能没有严格的纪律观念；也许……是啊！这些为什么我平时没有发现呢？于是，在老师和同学的帮助下，我开始积极地改正自身的错误，终于我又变回了那个积极向上的我，而我也又一次当选为班长！

这不就是一次挫折吗？但寻找到原因的我没有因挫折而丧失斗志，反而因挫折而更加顽强。所以，挫折并不是终结，也决不是人生的最后姿态，它也许正孕育着下一季的辉煌！所以我说：我在挫折中成长！我因挫折而坚强！

· 渔王的儿子 ·

有个渔人有着一流的捕鱼技术，被人们尊称为"渔王"。然而"渔王"年老的时候非常苦恼，因为他的三个儿子的渔技都很平庸。

于是他经常向人诉说心中的苦恼："我真不明白，我捕鱼的技术这么好，我的儿子们为什么这么差？我从他们懂事起就传授捕鱼技术给他们，从最基本的东西教起，告诉他们怎样织网最容易捕捉到鱼，怎样划船最不会惊动鱼，怎样下网最容易请鱼入网。他们长大了，我又教他们怎样识潮汐、辨鱼汛……凡是我长年辛辛苦苦总结出来的经验，我都毫无保留地传授给了他们，可他们的捕鱼技术竟然赶不上技术比我差的渔民的儿子！"

一位路人听了他的诉说后，问："你一直手把手地教他们吗？"

"是的，为了让他们得到一流的捕鱼技术，我教得很仔细

很耐心。"

"他们一直跟随着你吗?"

"是的,为了让他们少走弯路,我一直让他们跟着我学。"

路人说:"这样说来,你的错误就很明显了。你只传授给了他们技术,却没传授给他们教训,对于才能来说,没有教训与没有经验一样,都不能使人成大器!"

挫折的礼物

有一个博学的人遇见神明,他生气地问神明:"我是个博学的人,为什么你不给我成名的机会呢?"神明无奈地回答:"你虽然博学,但样样都只尝试了一点儿,不够深入,用什么去成名呢?"

那个人听后便开始苦练钢琴,后来虽然弹得一手好琴却还是没有出名。他又去问神明:"神明啊!我已经精通了钢琴,为什么您还不给我机会让我出名呢?"

神明摇摇头说:"并不是我不给你机会,而是你抓不住机会。第一次我暗中帮助你去参加钢琴比赛,你缺乏信心;第二次缺乏勇气,又怎么能怪我呢?"

那人听完神明的话,又苦练数年,建立了自信心,并且鼓足了勇气去参加比赛。他弹得非常出色,却由于裁判的不公正而被别人占去了成名的机会。

那个人心灰意冷地对神明说:"神明,这一次我已经尽力了,看来上天注定,我不会出名了。"神明微笑着对他说:"其实你已经快成功了,只需最后一跃。"

"最后一跃?"他瞪大了双眼。

神明点点头说:"你已经得到了成功的入场券——挫折。现在你得到了它,成功便成为挫折给你的礼物。"

这一次那个人牢牢记住神明的话,他果然成功了。

感悟 gǎnwù

每个人都会碰到挫折和失败,在你为失败而痛苦时,其实,你已经得到人生的经验。关键是你要有悟性,人生其实就是一连串的得与失。

· 老鹰的再生 ·

老鹰是世界上寿命最长的鸟类。

它一生的年龄可达 70 岁。

要活那么长的时间，它在 40 岁时必须作出困难却重要的决定。

当老鹰活到 40 岁时，它的爪子开始老化，无法有效地抓住猎物。它的喙变得又长又弯，几乎碰到胸膛。它的翅膀变得十分沉重，因为它的羽毛长得又浓又厚，使得飞翔十分吃力。

它只有两种选择：等死，或经过一个十分痛苦的更新过程。

150 天漫长的操练，它必须很努力地飞到山顶，在悬崖上筑巢。停留在那里，不得飞翔。老鹰首先用它的喙击打岩石，直到完全脱落，然后静静地等候新的喙长出来。

它会用新长出的喙把指甲一根一根地拔出来。当新的指甲长出来后，它们便把羽毛一根一根地拔掉。5 个月以后，新的羽毛长出来了。老鹰开始飞翔。

感悟
ganwu

每个人在人生中都会碰到难以穿越的关卡，但是正是在这关卡上所遭遇的挫折或者困难，才使得你以后的生命获得新的生机。

面对挫折 ·

光滑的墙壁上，一只蚂蚁在艰难地往上爬。爬到一大半，忽然滚落下来，这是它的第七次失败。然而过了一会儿，它又沿着墙角，一步步往上爬了……

第一个人注视着这只蚂蚁，禁不住说："一只小小的蚂蚁，这样执著顽强，真是百折不回啊！我现在遭到一点挫折，能气馁退缩吗？"他觉得自己应该振奋起来，勇敢地面对他在生活中的那些困难。

第二个人注视着这只蚂蚁，也禁不住说："可怜的蚂蚁，

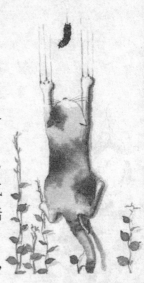

53

| 感悟 |
| ganwu |

面对挫折，我们是应该振奋精神，再接再厉；还是避开挫折的情境，寻找更适合自己的路？正如智者所言，这两者在各自适用的情境下都是对的。然而不能一味地坚持，也不要经常地改变。你需要两者兼备，找到最佳的平衡点。

只要稍微改变一下方位，它就能很容易地爬上去；可是，它就是不肯看一看，想一想……唉，可悲的蚂蚁！我正在做的那件事，一再地失利，我该学得聪明一点，不能再蛮干一气了——我是个人，是个有头脑的人。"果然，他变得理智了，他果断地放弃了原先错误的决定，走上了新的道路。

第三个人也一直观察着这只蚂蚁，他听到这两个人的话，就去问智者："观察同一只蚂蚁，为什么他们两人的见解和判断截然相反，他们得到的启示迥然不同？可敬的智者，请您说说在他们中间，哪一个对，哪一个错呢？"

智者回答："两个都对。"

问者感到更困惑了："怎么可以都对呢？对蚂蚁的行为，一个是褒扬，一个是贬抑，对立是如此的鲜明，您是不愿还是不敢分辨是非呢？"

智者笑了笑，回答："太阳在白天放射光明，月亮在夜晚投洒光辉，它们是'相反'的，你能不能告诉我，太阳和月亮究竟谁是谁非？"

再试一次

高三上学期，学校召开"招飞动员大会"，号召全校理科毕业班男生踊跃参加空军组织的招飞体检。同学们跃跃欲试，谁都可以报名，但谁都没信心。因为自我校成立以来，年年参加飞行体检，却从来没有人被录取过。大家都知道招飞体检要求之严、标准之高非我们这些乡下孩子所能达到。但是，我们这些正处在做梦年龄的大男孩哪个不向往驾着战鹰遨游蓝天，当一个威风凛凛人人羡慕的空军飞行员呢？就算通不过，也要去试一试！

于是我和同学一起报了名，也轻而易举地通过了学校和南阳地区组织的初检。这没什么可高兴的，因为每年都是初检通

过一大堆，到全面体检时全县只有两三个通过甚至全军覆没。

盼望已久的全面体检终于来临了。我们乘长途汽车来到省会郑州，准备参加激烈的角逐。从小到大一直生活在农村的我第一次来到繁华的大都市，简直惊呆了，高楼大厦，霓虹闪烁，这样精彩的世界，我却只能坐在车上看看！"要是我能当上飞行员……"心里想着，暗暗为自己鼓劲：一定要全力以赴！

遗憾的是我的美梦还没做到一半就彻底破灭了。当我坐上电动转椅边摆头边转动了 60 圈后，就感到天旋地转、头晕目眩，甚至还恶心，不多时就冒冷汗、呕吐。体检的女军医遗憾地对我说："小伙子，看来你不适合开飞机，要知道开飞机是不能有任何差错的。回去好好读书，考别的大学也一样。"

我的眼泪夺眶而出，默默地走回住处，对带队老师说我想一个人先回去。当晚我就坐火车到南阳，又转乘汽车回到学校。

回到课堂我无心学习，虽然失败是意料中的事，但我仍觉得不甘心。一天后，我隐约感到自己的身体状态比体检时好多了，会不会是因身体不舒服而遭淘汰？我清楚地记得体检前一天晚上由于感冒，便吃了一粒感冒药。天哪，如果真是因为这，那我就太亏了！

正当我呆呆地抱怨命运的不公时，一个念头在我脑海中一闪而过：请求复检！这在当时大多数人的眼里，简直是一个天大的玩笑。我自己也觉得是。因为除了带队老师，没有一个人能帮我说上话，而带队老师的作用在体检中几乎可以忽略不计。而且我已经回来了，等我再赶去，说不定都结束了……但所有这些统统被我越来越强烈的念头压倒了：我一定要再试试！当机会还没有完全溜走时，我还可以回去，冲过去抓住它！

我立即找来一张稿纸，给主检官写了一封言辞恳切的信：

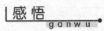

感悟
ganwu

挫折就像一只纸老虎，不管它看起来是如何威风凛凛，它也只是一只假老虎，如果不分辨就望风而逃，那么成功也就离我们越来越远。善于分析，敢于尝试，才能在打倒纸老虎的同时，抓住成功的机会。

"主检官同志，我从700里外借路费赶来，因为我的一生中这样的机会只有一次，所以我要珍惜，请再给我一次机会……"

中午下了课我就向同学借了80元钱，怀揣那封信，下午从南阳坐火车，晚上赶到郑州。

到达住宿地点后，却被告知我们县的带队老师和学生刚刚退房返校，这下傻眼了，本来还指望他帮我说说情的。没办法，只好先找地方住下。第二天一大早我就赶到体检中心，一位学生告诉我："你们南阳地区的体检早结束了，现在是漯河和许昌地区。"又一记闷棍！这下难度更大了。

我鼓足勇气，硬着头皮敲开了主检官的办公室。年纪较大的主检官和几名中年军官不约而同地把目光投向我。由于紧张，我结结巴巴地无法流利表达。幸亏我早有准备，从怀里掏出课堂上写的那封信，递给那位老者。老者看完信后递给另一位军官看，并微笑着问："主检官同志，怎么样，能否再给一次机会？"军官点点头："那好吧。"

听到这句话，我欣喜若狂。主检官叫来一位年轻的军官，吩咐让我再试试。于是，我的体检表从一堆行将销毁的废纸堆中被扒了出来。

如我所料，转椅轻松过关，之后我一路过关斩将，几乎全是绿灯，毫无阻碍地通过了全面体检。3天后我一人凯旋，同学们都伸出大拇指："真是士别三日，当刮目相看啊！"

就凭着那勇敢的再试一次，我考上了空军飞行学院，几年后我有幸成为一名空军军官。

当机会将去未去时，不要被暂时的挫折击倒，鼓起勇气，再试一次！

第 **3** 章
悲观之风吹灭希望之火

悲观是一种消极的情愫，往往使人不能倾心地投入到自己的追求中，因而患得患失，郁郁寡欢，尤其是当悲观变成一种习惯的时候，个人的才能就容易压抑着释放不出来。

用乐观的眼光看世界，世界就是无限美好，充满希望的；用悲观的眼光看世界，世界就是惨淡灰暗，毫无生机的。

不再悲观，生活就会洒满阳光。

半 瓶 水

感 悟
ganwu

乐观者在每次危难中都看到了希望，而悲观者在每个机会中都看到了危难。乐观者与悲观者之间的差别是很有趣的：乐观者看到的是油炸圈饼，悲观者看到的是一个窟窿。

在茫茫的沙漠中，有两个口渴的人，他们各自找到了半瓶水。

乐观的人说："啊，我终于找到水了！虽然眼下只有半瓶水，但千里之行始于足下，这是良好的开端，我一定还能找到更多的水……"于是，乐观的人带着这半瓶水，走出了沙漠。

悲观的人却说："怎么就只有半瓶水？这半瓶水有什么用？"于是，他一口气喝光了这半瓶水，然后坐在原地等待死神的降临。

这就是乐观主义者与悲观主义者的区别。如同饮一瓶美酒，喝去一半时，乐观主义者说："还有半瓶呢！"而悲观主义者却说："只有半瓶了！"

一条腿的四星上将

弗兰克斯少校躺在死气沉沉的病房内，凝视着圣诞树发呆。这本是一年中最快乐的时候，而弗兰克斯却伤感不已。7个月前在柬埔寨时，一块手榴弹片戳进了他的左腿。医生已确定为他做截肢手术。

弗兰克斯毕业于西点军校，在校时是棒球队队长。他曾下定决心终身从军，但现今看来，退伍似乎是唯一的选择。尽管弗兰克斯感到自己仍有许多东西，比如作战经验、技术知识、解决问题的能力，可以贡献给部队，不过他也知道，受过重伤的军人很少有回到现役的：他们必须通过每年一次的健康考核，包括徒步行军两英里。弗兰克斯拿不准自己拖着假肢能否胜任那种事情。

手术后最让弗兰克斯感到悲哀的，是他再也不能在棒球场上一展雄姿了。在每周举行的棒球赛中，轮到他击球时，都得靠别人代他跑垒。

有一天在等候击球轮次时，弗兰克斯注意到一名队友滑进了第三垒。他寻思：如果我作同样的尝试，情况会怎样呢？当弗兰克斯击球时，他一棒把球击到了场中央。他挥手叫替其跑垒者让开，自己迈动僵硬的腿，开始了痛苦的跑步。在第一垒和第二垒之间，他瞅见外野手将球抛向第二垒的守垒员。他于是闭上眼，拼命使自己往前冲，一头滑进了第二垒。裁判喊道："安全入垒！"弗兰克斯欣慰地笑了。

几年后，弗兰克斯率领一个中队穿越恶劣的地形进行战地训练。上司怀疑一位截肢者能否接受这种挑战，但弗兰克斯用行动作出了肯定的回答。"这使我跟士兵们的关系更为密切，"他说，"每当我的假肢陷入泥泞时，我就叮咛自己：'这便是你无腿可站时的情形。'"今天，弗兰克斯已晋升为四星上将。

"失去一条腿使我认识到：限制因素的大小，取决于你的态度。"他感慨地说，"关键是要全力集中于你所拥有的，而不是你所没有的。"

乐观就是集中全力关注你所拥有的，而不是你所没有的。如同半杯水，你的眼睛只看到有水的部分，就会变得乐观；而如果只看到空的部分，就会变得悲观。

从丑小鸭到白天鹅

我沿着弗赖堡的一条缀满阳光的街道慢慢行走。这是一个位于德国西南部风景如画的小镇。春天提前而至，不用多久，这里附近的黑森林就会充溢着成群的游客。那里有著名的美景，当然还有布谷鸟时钟。那时候我 19 岁，是有生以来头一次远离了我的继母。在之前将近 10 年的时间里，她都跟我说我是多么丑陋、没用、跟别人格格不入。我亲生母亲患有精神病，于是我的童年时代是在儿童院和

感悟
ganwu

很多人都会因为别人对自己的恶评而失去信心，其实，那只是别人的看法与想法，有时甚至只是偏见，为了这样的评价而一蹶不振，从此生活在灰色的世界里，真的太不值了。每个人都是出色的，只是看我们有没有勇气表达这份自信而已。

养父母家里度过的。

那时的我做着自己热爱的事：学习和研究。我被一所当地的大学录取了，学习文学、哲学和心理学。为什么我还是不开心呢？似乎每当我看着镜子，或者尝试与其他人平和相处时，继母的幽灵就会钻进我的脑袋对我评头品足。我太羞怯了，即使在这个陌生城镇迷了路，都不愿向陌生人问路。

正当我穿行于弗赖堡的街道时，忽然，一个胖墩墩的人跳到了我的面前。

"像你这么漂亮的女孩，难道不需要一本百科全书吗？"他说着，努力地睁着疲倦的双眼看着我的眼睛。

我马上意识到这不过是一个急于招揽生意的推销员低级的招徕伎俩——毕竟，我是高等哲学班里唯一的女生。

但这不是关键，关键在于，这一刻某种东西照亮了我灵魂中黑暗的角落。

像你这么漂亮的女孩，难道不需要一本百科全书吗？

好像从来只有两种女孩：一种是怯怯的书呆子（就像我这种），另一种是清高却言之无物的俗艳的"芭比娃娃"。男孩子们会喜欢哪种？我是个年轻的女性，当然想要受欢迎，有吸引力——但是我也想成为表现真我、思想深邃的人。

像你这么漂亮的女孩，难道不需要一本百科全书吗？

我脑海里呈现出了一个宏伟的画面。我想像着挂在博物馆里的一幅画，画中是一位年轻而有内涵的女士，背景是花团锦簇的花园。她身穿长裙，靠在一棵树边，她会意的微笑使她迷人的脸容光焕发。她揽着一本书，没有半点造作。画下的一块金属牌刻着这幅画的标题：手捧百科全书的漂亮女孩。

时髦而得体，这就是我想成为的那种女孩。

我买下了百科全书，一个月买一册。为了买它，我做了不

少牺牲，但是如果可以步行的话，谁还需要坐电车？如果有乳酪的话，谁还需要吃肉？每当收到一个珍贵的包裹时，我都花上好几个小时惊异于封面的宝蓝色，金色印字的光亮，自然还有阅读书中的内容。

在往后的几年里，我逐渐走出了自己的保护壳。我发现我们能够享受生活，正因为生活充满着乐趣。我有了朋友。我恋爱了。事实上我也学会了在迷路的时候问路。

数年后，我的继母因癌症而去世。在去世之前，她给我打了电话，问我是否能去看望她。

在从慕尼黑去往科隆的火车上，我凝视着莱茵河童话般的景色，想着我们之间的相处会是怎样，以及自己能否原谅她。事情原来并不复杂。我们并坐在一起看了许多旧照片，也聊起她在爱沙尼亚的童年。她没有用多少话语来祈求我的原谅，但是我感觉到了她的用意。

当我道别时，我感觉到了解脱，终于解脱了。

大约 10 年前，我与一个美国人结婚并移居美国。我没有带上百科全书。既然有了可以轻易查找信息的互联网，谁还需要笨重而又过时的"砖头"？

我现在常回德国。我把百科全书存放在我姨家，回去时也住在那里。有时候，我会抚摸着褪色了的宝蓝色封面和那布满灰尘的金色印字，还会随手翻开其中一册。我铭记着那个陌生人说出冒昧之辞的那一刻，因为对于一个迫切需要好的评价的年轻女孩来说，这就是她生命中特别的时刻。

而我自问，这个陌生人是谁呢？

再来一次，好吗

高中毕业后，我没有如愿盼来大学录取通知书。在学习成绩上一向颇为自负的我，经历了这样沉重的打击后，对自己再

感悟
ganwu

哪怕是跌落到人生最低谷，也鼓起勇气多给自己一次机会，爬起来，抛下悲观的心，我们就会获得一个全新的高度。"再来一次！"再一次扣响机会的大门，用真诚和自信，用努力和实力，我们会多一段不同寻常的人生经历。"再来一次！"把这句话装进我们人生的行囊，我们的精神会因这样的勇气而璀璨！

也不敢有太大的信心了。

有很长一段时间，我把自己锁在苦闷和遗憾中，不想见任何人，也不想说任何话，木然而无助。

可毕业证总还得亲自去领的。从班主任惋惜而怜悯的目光中逃出来，我唯一的感觉就是流泪。在过去的那段极苦极累的日子里，我几乎耗尽了所有精力去搭那架通往梦想的梯子，可在成功似乎已经唾手可得的时候，梯子却在猝不及防中倒了。我真的没有足够的心理能力去承受。

出校门的时候，我不经意一扭头，竟发现了门口一侧贴有一张招聘启事。走近了细看，是市内一所普通中学招一名英语教师。条件是高中以上毕业，英语成绩好，口语佳。

我突然想去试试。高中三年，英语成绩一直是我的骄傲。更何况，长大了，毕业了，我该自己养活自己了。我去报了名。

离试讲的日子已经不远了。回家后我便忙着写教案，跟着录音机练口语。到试讲的前一天，我已对自己有了几分信心。

第二天，校长把我带到教室门口。他拍拍我的肩："对你，我们是比较满意的，这是最后一关了。记住，要沉着。"

我望一眼教室，里面坐满了比我小不了几岁的学生。见来了新老师，他们都停下正在干的事，齐刷刷地把目光聚在我身上。

血往上涌，我的心乱跳起来。

我知道我不是个大方的男孩，但为了这次试讲，我确实已经付出了足够的心血。我以为有备而来，心就不会再跳手就不会再抖。

走上讲台，我的鼻尖上已开始渗出细密的汗珠。坐在第一排的女班长一声洪亮的"起立"让我几乎一下子乱了方寸，忘了开场白。

我慌忙挥手叫他们坐下。我想我的神情一定很慌乱很窘迫，因为我分明听见几个男孩子的窃笑声。一刹那间，充斥我脑中的是有关形象问题，试讲结果问题，以及被淘汰后我再怎么办的问题，昨天还背得滚瓜烂熟的教案一下子找不到半点儿头绪。

搜肠刮肚好几十秒钟，我仍然找不到太多的话说。试着讲了几句，连自己都知道前言不搭后语。

我知道我完了，心中已开始打退堂鼓：与其在讲台上出尽"洋相"，还不如趁早给自己找个台阶下去。

"同学们，其实我多想陪你们走一程，可我太糟糕，我不能耽误了你们……"说完这句话，我无奈而抱歉地望了一眼坐在后排正为我捏一把汗的校长，想尽快地逃出去，逃出那种如浑身针刺般的难受与尴尬。

"老师，你等等!"是坐在第一排那个剪短发、戴眼镜的女班长，"老师，再来一次，好吗?"

"我……我不行。"

"试一试，老师，你能行的，再来一次，好吗?"后面几个女孩子也附和起来。

"再来一次，好吗?"然后，教室里一下子归于一片静寂，后排那几个等着看"好戏"的男孩也正襟危坐起来。

校长推推眼镜，笑望着我，微微颔首。

四十多颗天真无邪的心，四十多双真诚的眼睛在这个时候汇成一股暖流和一个坚定的信念流向我、涌向我。突然间我觉得有好多好多的话要对他们说，有好多好多的故事要讲给他们听。

我想我不能离开这三尺讲台，否则我也许会一生都再也找不着这么好的机会。

我在讲桌前站定。接下来的讲课，我如数家珍般讲得无比流畅。

面对求知若渴而又善良真诚的学生，原本并没有什么好怕的呀!

后来那个剪短发、戴眼镜的女孩成了我最得意的学生，也成了我最好的朋友。她对我说："老师，当初我为竞选班长三次登台'现丑'，第一次一句话都没敢说，第二次脸红心跳，

第三次换来了最热烈的掌声。每次上台前我都会劝自己‘再来一次，好吗？’"

有些话简单朴实，却能让人受益终生。这道理学生比我懂得更早。

·鞋　子·

美国有两家鞋厂为了开发市场，分别派业务员前往非洲考察当地人对鞋子的需求。

甲厂的业务员考察回来，立刻晋升为主管；乙厂的业务员考察回来，却被冷落在一旁。同样是去非洲考察，为什么这两个业务员会受到不同的待遇呢？

原来，乙厂的业务员到了非洲，当天就发了一封电报回厂报告。电报的内容是："完了！一点希望也没有了！因为这里的人都不穿鞋子！"

而甲厂的业务员到了非洲，当天也发了一封电报回厂报告，电报的内容是："太好了！希望无穷！因为这里的人都没有鞋子穿！"

同样的事，不同的态度，不同的看待，不同的结果，为什么？因为一个是乐观的心态，一个是悲观的心态。

·不放弃·

记得一位学者很形象地比喻人生：人的一生犹如婴儿初啼，虽有着苦涩，但却是全新鲜嫩，不管你遭到何种挫折与苦难，只要你不放弃自己，就没有任何事情可以难倒你。

有个人不小心从悬崖上滑了下去，他及时抓住了一棵树的枝干，整个人吊在枝干上晃来晃去，状甚危急。

低头往下瞧，树下刚好是个池塘，池塘里的鳄鱼正张大了嘴巴，等着他这个活物。

抬头往上看，悬崖上又来了一只狮子与一只老虎，它们也正虎视眈眈地盯着他。

再往天上看，有一只秃鹰在上空盘旋，等着啃食他的骨头。

此时跑来了一只老鼠，无情地啃噬着他唯一赖以支撑的枝干。

他已四面受敌，危在旦夕。这时突然闻到一股香味，原来在他的身旁，有一粒硕大美味的草莓。

他伸手将那粒草莓摘下放入口里，甜美的滋味，使他暂时忘却目前危险的处境。

这时，周围的环境有了改变。

狮子与老虎因争着想吃他而起了争执，互相搏斗起来，弄得尘土飞扬，沙石纷纷滚落山下。老鼠被碎石击落，掉入鳄鱼的嘴中；秃鹰飞来抓他，他趁势抓住秃鹰的脚攀上了悬崖；而崖上的老虎与狮子，已双双受伤躺在地上动弹不得，他也因此逃过一劫。

·石 磨·

石磨老是埋怨自己的生活："啊，真是忙得我透不过气来了，每天不停地转了又转，没有给我一个休息的机会。这样的生活，又乏味，又单调，真会压死人的，我再也不愿过下去了。"

石磨嘟着嘴，仿佛对谁都生着很大的气。

推磨的驴听见了，走过来说："石磨老兄，你不过替人们做了一点点工作，就这样叫苦叫忙了，好意思吗？来，开始工作吧！"

石磨说："什么？你这个折磨鬼，又来逼我工作吗？我都没有休息呢！"

驴推着石磨走动了。

石磨大叫："别推！别推！"

驴说："有什么办法呢？你是不推不动的呀！"

没有忘记美

第二次世界大战结束后，德国的土地上到处是一片废墟。

美国社会学家波普诺带着几名随从人员到实地察看。他们看了许多户住在地下室的德国居民。而后，波普诺就向随从人员问了一个问题：

"你们看像这样的民族还能够振兴起来吗？"

"难说。"一名随从人员随口答道。

"他们肯定能！"波普诺非常坚定地给予了纠正。

"为什么呢？"随从人员不解地问道。

波普诺看了看他们，又问："你们到每一户人家的时候，看到他们的桌上都放了什么？"

随从人员异口同声地说："一瓶鲜花。"

"那就对了！任何一个民族，处在这样困苦的境地还没有忘记美，那就一定能在废墟上重建家园！"

暗淡的思想

某一天，奥斯卡在俄克拉荷马城的火车站上，等候搭乘火车往东边去。他在气温高达 43 ℃的西部沙漠地区已经待了好几个月，因为他正在为一个东方的公司勘探石油。

奥斯卡是麻省理工学院的毕业生。他把旧式探矿杖、电流计、磁力计、示波器、电子管和其他仪器结合做了一台用来勘探石油的新式仪器。

现在奥斯卡得知，他所在的公司因无力偿付债务而破产了。奥斯卡踏上了归途。他失业了，前景相当暗淡。

由于他必须在火车站等待几个小时，他就决定在那儿架起他的探测仪器来消磨时间。仪器上的读数表明车站地下蕴藏有

石油。但奥斯卡不相信这一切，他在愤怒中踢毁了那些仪器。

"这里不可能有那么多石油！这里不可能有那么多石油！"他十分反感地反复叫着。

一系列的打击使奥斯卡失去了对自己和未来的信心。即使他一直寻找的机会就躺在他的脚下，他也不肯承认它。

对自己充满信心是重要的成功原则之一。检验你的信心如何，就看在你最需要它的时候，你是否拥有自信。那天，奥斯卡在俄克拉荷马城火车站，把用于勘探石油的新式仪器毁弃的同时，他也失去了发现全美国最富饶的石油矿藏的机会。

泰勒的实验

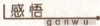

站在泰勒面前的海军上校身高大约有1.85米，体重大约有240斤，他看起来像一个职业举重运动员。他是泰勒从听众中选出的一位志愿者，泰勒试图通过人体肌肉的变化了解人的活力所受到的影响。

泰勒向听众解释，只要你活着，你就会有活力，身体的活力会受到周围许多事情的影响，诸如食物、衣服、艺术、诗歌、音乐等，但活力充沛与否完全取决于你自己。你生活中的许多因素都有可能会增加你的活力和自信，或者降低你对自己的信心。比如说，一个消极的念头便会降低你的活力。

现在，泰勒就要通过这位站在自己面前的将信将疑的上校来证明这一点。

"举起你的左手与肩平，举稳别动。"泰勒说，他站在两英尺处看着上校。上校左手平举，那平稳的样子好像可以吊一个人在上面。泰勒告诉他自己会通过向他输入一个消极的念头而减少他手臂的力量，听众席中立刻发出窃窃的嗤笑，上校也轻

生活中的许多因素都会影响到我们的情绪，有时只需要一个暗示，就能改变我们的活力和自信。一个积极乐观的暗示，能让我们更好地展现我们的能力和优势；而一个消极的信息，则可能降低我们对自己的信心。让我们每天抱着积极的态度生活吧，用自己的力量来保持活力与信心！

蔑地笑了笑。

首先，泰勒先给他传递了一个乐观的积极的信息，泰勒抓住他的胳膊说："上校先生，你无疑是一个令人羡慕的军官。很显然你是一位具有领导气质、意志坚决、毫不动摇的人。"泰勒试着把他的胳膊往下按，但是他毫不放松。

上校非常高兴泰勒的努力失败了。接着，泰勒用一种十分严肃的口吻说："但是，有一个问题，上校，科学证明，一般说来，军人的智力水平普遍低于一般人。"于是，泰勒再次试着用同样大的力把他的手向下压，他的肌肉向泰勒妥协了，泰勒竟然一下子就把他的手压了下去。观众席中的人们一个个目瞪口呆。

泰勒数百次反复进行这个实验。在剧场里，在讨论课上，结果总是一样的。那些持怀疑态度者，当看到泰勒发出一个消极的信息并大大地影响人的信念，从而使活力消失时，对泰勒的论点就会坚信不疑了。

感悟
ganwu

小男孩的热情来自对生活的热爱，来自对未来的信心。生活中的很多挫败不在于压力的大小，而在于每个人面对生活和学习的态度。当我们勇于承担压力、挑战困境，建立更牢固的自信心时，成功也就离我们不远了。

逆境中，拾起一颗自信的心

全球首屈一指的收银机经销公司——瑞士埃尔德集团在创业阶段，该公司竞争对手散布谣言，称埃尔德陷入财务僵局，令业务代表信心锐减，经营业绩下滑。公司多次辟谣，仍然收效甚微。

一天，公司总裁查菲尔召集业务代表座谈。一位业务代表牢骚满腹地说："我所负责的区域遭到了百年不遇的旱灾，商家的生意严重受挫，谁还买收银机呢？"还有一位业务代表说得更难听："公司资金吃紧，我哪有心思顾及业务呢？只想找一家效益好的公司走人。"

查菲尔沉思片刻，说："请大家安静下来，我想请大家擦皮鞋，之后，还有精彩节目。"

业务代表们面面相觑，不知道查菲尔在卖什么"关子"。

一会儿，公司门前那位擦皮鞋的男孩被人叫来了，查菲尔第一个伸出脚来，一边擦鞋一边与男孩聊了起来。

"你几岁了？擦一双鞋收多少钱？"查菲尔问。

"先生，我 9 岁了，每擦一双鞋收 5 分钱。"男孩回答。

"以前，蹲在你那个位置擦鞋的是一个比你大的男孩，他为什么走了？"

"哦，他叫比尔斯，17 岁了，嫌这里不好做，离开了。"

业务代表们议论纷纷，有人问他："那你为什么还选择这里呢？在这里工作能维持生计吗？"

男孩乐呵呵地说："可以的，有时候还能得到小费哩。"接着，他给大家算了一笔账："每个星期我交给妈妈 10 元做生活费，到银行存 5 元，留 2 元做零用，不出一年，我就可以用银行的存款买一辆自行车，给妈妈一个惊喜。"

查菲尔擦完鞋，拍拍男孩的头，给了他一元钱的小费，男孩高兴地说："谢谢您，先生！"查菲尔转过身，面向业务代表，激动地说："诸位肯定见过那个比他年龄大的擦皮鞋的男孩，那个男孩表情冷漠，谁都不愿靠近他，而这个男孩乐观、真诚，心中充满对美好生活的向往，所以前者选择离开，后者却能打开局面。"

男孩挥了挥手中的鞋刷，说："来吧，我会将你们鞋上的灰尘全部擦掉，让你们走出去更精神……"

第二天，业务代表们满怀信心地回到销售区。自此，埃尔德扭亏为盈。

青蛙的故事

从前，有一群青蛙组织了一场攀爬比赛。

比赛的终点是一个非常高的铁塔的塔顶。

悲观和泄气的话使得大部分青蛙放弃了努力，也失去了成为胜利者的机会。这个故事告诉我们，不要让他人的悲观左右你的情绪，认准目标，坚持到底，梦想定会实现。

一大群青蛙围着铁塔看比赛，给它们加油。

比赛开始了。

老实说，群蛙中没有谁相信这些小小的青蛙会到达塔顶，它们都在议论："这太难了！它们肯定到不了塔顶！""它们绝不可能成功的，塔太高了！"

听到这些，一只接一只的青蛙开始泄气了，除了那些情绪高涨的几只还在往上爬。群蛙继续喊着：

"这太难了！没有谁能爬上塔顶的！"

越来越多的青蛙累坏了，退出了比赛。但有一只却还在爬，越爬越高，一点没有放弃的意思。

最后，其他所有的青蛙都退出了比赛，除了一只，它费了很大的劲，终于成为唯一到达塔顶的胜利者。

很自然，其他所有的青蛙都想知道它是怎么成功的。有一只青蛙跑上前去问那个胜利者："你哪来那么大的力气爬完全程？"它却发现这只青蛙是个聋子！

· 驱散内心阴影 ·

法国前总统希拉克15岁那年，随父母搬到马赛居住。

新到一个陌生地方，性格内向的希拉克很孤独，上学放学都是一个人。不是没人愿意和他一块儿，而是他自己不愿意。小伙伴们放学后，一起做游戏，邀他参加，他不肯；邀他踢足球，他说不会。回到家，他站在阳台上，看小伙伴们玩得很开心，又十分羡慕。希拉克的母亲很快发现他不合群，她问希拉克："为什么不去和小伙伴踢足球，你喜欢踢足球，怎么说不会呢？"希拉克说："我和他们不熟悉，他们不会接受我。和他们在一起，我担心被捉弄。"

"你没和他们在一起玩过，怎么知道他们不接受你，会捉弄你呢？孩子，别把他们想得那么不友好，他们都很可爱，加

入他们，你就知道了。"

"不，我不去。"希拉克坚定地说。

"那好，孩子，我们做个实验，看看我说得对不对。"母亲把希拉克拉进屋。她拿出眉笔，在希拉克脸上画了两下，对他说："我在你脸上画了一幅很难看的图，你到外面去，看看别人的反应。"

希拉克硬着头皮走出家门。他低下头，生怕别人看见自己的脸。他脸上火辣辣的，看见有人对他指指点点，还有人对他笑。希拉克想：那一定是在嘲笑我，把脸弄得这么难看。

不到五分钟，希拉克匆匆跑回家，对母亲喊："脸都丢尽了，所有人都在嘲笑我。""是吗，他们嘲笑你什么?"母亲问。"当然是嘲笑我的脸。你画得一定很丑。"

"你自己看看不就知道了?"母亲把希拉克拉到镜子前，希拉克发现，自己的脸与往常一样，并没有什么难看的图。

"孩子，我刚才眉笔帽都没打开，也没在你脸上画什么。你说外面的人都在嘲笑你，其实全是你心理在作怪。"母亲说。

希拉克不完全理解母亲的用意，但觉得母亲说的似乎有道理。在母亲的鼓励下，他走出自我封闭的小圈子，渐渐和左邻右舍的孩子成为好朋友。

找 食 物

从前有一只小猫和一只小狗。小狗很乐观，而小猫却很悲观。

在饥饿的时候，它们要去找食物，每当这时，小狗总是很高兴地说："要去找食物啦!"而小猫总是愁眉苦脸、唉声叹气地说："又要找食物啊! 真是烦死了。"

感悟
ganwu

一个人如果不与他人接触，只凭自己的想象一直活在悲观中，那么他永远也迈不出自己的小圈子。

71

感悟
ganwu

同样的事，你是选择快乐地度过，还是选择愁眉苦脸地度过？这还用问吗，谁愿意整天泡在郁闷痛苦的药水里，而不愿意翱翔在快乐幸福的天空中呢！

没一会儿，它们各自找到了一枚蛋。小狗看着自己的那枚蛋，十分高兴，它开心地说："太好啦！我找到了一枚蛋。"而此时，小猫看着自己的那枚蛋却十分悲哀，它哭丧着脸说："唉，我只找到一枚蛋。"

不久，小猫和小狗捡到的这两枚蛋同时孵出了两只天鹅，小狗很高兴，它说："真好，我们可以养天鹅。"而小猫则悲哀地说："没蛋吃了。"

很快，天鹅长大了。小狗很高兴："它们吃得越来越多了。"小猫很悲哀："真能吃，我都养不起它们了。"

有一天，天鹅飞走了，小狗很高兴："它们自由了！"小猫很悲哀："我白忙活了这么久，讨厌，它们飞走了。"

接着，小猫和小狗又去找食物，小狗还是很高兴："又去找食物啦！"小猫还是很悲哀："又要去找食物呀。"

小狗的一生充满了欢乐，而小猫的一生充满了沮丧。

敞开新的大门

感悟
ganwu

命运的变化无人可以预测，所以你得不到的并不一定是最好的。乐观地接受生活的困境，准备好，机会就会在不远的前方等着你。

1943年罗伯特·梅里尔来到纽约夜总会的一个俱乐部，也就是位于一个小街、名叫马丁尼克的俱乐部试唱。薪水一个星期150元，对于初涉社会的罗伯特来说，这可真是个大数目。

那是罗伯特第一次试唱，他求职若渴。老板很喜欢罗伯特的声音，想立刻雇用他，但节目导演另有内定人选了。他说："你的声音很好听，不过我们已经决定用其他人了。"

吃了这个闭门羹，罗伯特沮丧极了。然而，第二年他来到大都会歌剧院试唱，翌年他开始唱《茶花女》。

有趣的是：如果罗伯特·梅里尔得到马丁尼克的工作，大都会歌剧院的大门也许永远都不会向他敞开。

"出色的罚球手"

克劳德·艾金斯从小智力低下，学习成绩一塌糊涂，但总算凑合上了高中。父母眼见儿子上大学无望，希望他能在体育上有所发展，便托人把儿子安排进学校篮球队。但克劳德·艾金斯的动作总是不得要领，一个简单的罚球动作就够他无休无止地练习了，因此他被大家送了个绰号——"出色的罚球手"。

那是一次很重要的比赛，克劳德·艾金斯所在的球队被对手打得落花流水，队员和教练已无心再战，但比赛还是要打完的，有队员建议教练：反正也打不赢，就让从未上过场的克劳德·艾金斯去露露脸。

克劳德·艾金斯兴奋无比地走上了赛场，一有罚球，队员便把球传给他，他虽然信心百倍，但每次总是把球投偏，如此反复，他却乐此不疲，以至后来对方队员竟和他开玩笑，把自己队的罚球也传给他，但他不管不顾，依然专心投篮，球仍屡投不进。尽管如此，观众还是以热烈的掌声鼓励他，这让克劳德·艾金斯更加兴奋。就在离终场最后 3 秒钟时，奇迹出现了，克劳德·艾金斯接到一个传球，他不慌不忙微笑着把球投了出去，只见那球在空中划过一个漂亮的弧线，然后稳稳当当地落进了篮筐内。顿时全场沸腾了，观众起立为克劳德·艾金斯欢呼鼓掌。

赛后有评论说，克劳德·艾金斯无疑是此次比赛的最后赢家。

就是那个进球，让克劳德·艾金斯的人生发生了翻天覆地的变化。高中毕业后虽屡遭磨难，但他不悲观，总把那最后 3 秒钟创造的奇迹当做激励自己奋斗的灯塔，他坚信，自己一定是笑到最后的那个人。

感悟
gǎnwù

生活中，往往会出现很"坏"的事情，如果抱着乐观的心态，希望的曙光终究会显现。

你应该做一颗豆子

犹太人说，这世界上卖豆子的人应该是最快乐的，因为他们永远不必担心豆子卖不出去。卖豆人在豆子卖不出去的时候，可以拿回家，磨成豆浆，向行人兜售；如果豆浆卖不成功，可以制成豆腐；豆腐卖不成功，变硬了，姑且当做豆腐干来卖；而豆腐干也卖不出去的话，那么就把豆腐干腌起来，变成腐乳。

第二种选择是，如果卖豆人把卖不出去的豆子拿回家，加入水让它发芽，那么更妙。几天后，卖豆人可以改卖豆芽；豆芽如果卖不动，那么干脆让它长大些，卖豆苗；而如果豆苗卖不动，就再让它长大些，移植到花盆里，当做盆景来卖；如果盆景卖不出去，那么就再次移植到泥土里，让它生长，几个月后，就会结出许多新豆子。你想想一颗豆子现在变成了上百颗豆子，那是多么划算的一件事。

犹太人的这个故事并不是教育人们怎么做豆子生意。而是告诉大家，人生在世，不如意之事十有八九，有些人的际遇如同那位卖豆人手中的豆子，什么奇迹都有可能发生。

一颗豆子在遭遇冷落的时候，都有无数种精彩选择，更何况人呢，我们在遭遇不顺时，至少应该比一颗豆子更坚强吧。

为自己减刑

一位朋友几年前进了监狱。有一次我应邀到监狱为犯人们演讲，没有见到他，就请监狱长带给他一张纸条，上面写了一句话："平日都忙，你现在终于获得了学好一门外语的上好机会。"

几年后我接到一个兴高采烈的电话："嘿，我出来了！"我一听是他，便问："外语学好了吗？"他说："我带出来一部 60

万字的译稿，准备出版。"

　　他是刑满释放的，但我相信他是为自己大大地减了刑。茨威格在《象棋的故事》里写一个被囚禁的人无所事事时度日如年，而获得一本棋谱后日子过得飞快。外语就是我这位朋友的棋谱，轻松愉快地几乎把他的牢狱之灾全然赦免。

　　真正进监狱的人毕竟不多，但我却由此想到，很多人恰与我的这位朋友相反，明明没有进监狱却把自己关在心造的监狱里，不肯自我减刑、自我赦免。

　　我见到过一位年轻的公共汽车售票员，一眼就可以看出他非常不喜欢这个职业，懒洋洋地招呼，爱理不理地售票，时不时抬手看着手表，然后满目无聊地看着窗外。我想，这辆公共汽车就是他的监狱，他却不知刑期多久。其实他何不转身把售票当做棋谱和外语，满心欢喜地把自己释放出来呢？

　　对有的人来说，一个仇人也是一座监狱，那人的一举一动都成了层层铁窗，天天为之而郁闷愤恨、担惊受怕。有人干脆扩而大之，把自己的嫉妒对象也当做了监狱，人家的每项成果都成了自己无法忍受的刑罚，白天黑夜独自煎熬。

　　听说过去英国人在印度农村抓窃贼时方法十分简单，抓到一个窃贼便在地上画一个圈让他待在里边，抓够了数字便把他们一个个从圆圈里拉出来排队押走。这真对得上"画地为牢"这个成语了，而我确实相信，世界上最恐怖的监狱并没有铁窗和围墙。

　　人类的智慧可以在不自由中寻找自由，也可以在自由中设置不自由。环顾四周多少匆忙的行人，眉眼带着一座座监狱在奔走。

　　舒一舒眉，为自己减刑吧！除了自己，还有谁能让你恢复自由？

感 悟
ganwu

　　心灵的枷锁是一座不知刑期的监狱，监狱的钥匙正掌握在自己手中，只有自己能够释放自己。坦然而乐观地面对一切，你就会品尝到自由的滋味。

75

用四种感觉代替五种感觉

运用四种感觉的乔治可以抓住五种感觉的丰富生活,有的时候,缺失是另一种意义上的完整,只要以乐观的心态面对自己的缺失也会生活得很有意义。

乔治·康贝尔诞生时,双目失明。"他患的是双眼先天性白内障。"医生说。乔治的父亲望着医生,不相信他说的话。"难道你就束手无策了? 手术也无济于事了吗?"医生摇摇头:"直到现在,我们还没有听说过治疗这种病的方法。"乔治不能看见东西,但是他的双亲的爱和信心,使他的生活过得很丰富。作为一个小孩,他还不知道自己失去的东西。

然而,在乔治6岁时,发生了他所不能理解的一件事。一天下午,他正在和另外一个孩子玩耍。那个孩子忘了乔治是瞎子,抛一个球给他。"当心,球要击中你了!"这个球确实击中了乔治。此后,在他的一生中再也没有发生过这样的事,乔治虽然没有受伤,但极为迷惑,后来他问母亲:"比尔怎么在我之前知道我将要发生的事?"他的母亲叹了一口气,因为她所害怕的事终于发生了,现在她有必要第一次告诉孩子:"你是瞎子。"

"乔治,你坐下。"她温柔地说道,同时伸过手去抓住他的另一只手,"我不可能向你解释清楚,你也不可能理解清楚,但是我努力用这种方式来解释这件事。"她同情地把他的一只小手握在手中,开始计算手指头。

"1,2,3,4,5。这些手指头代表人的五种感觉。"她讲道,同时用她的大拇指和食指顺次捏孩子的每个手指。"这个手指表示听觉,这个手指表示味觉,这个手指表示嗅觉,这个手指表示触觉。"然后她犹豫了一下,又继续说:"这个手指表示视觉。这五种感觉的每一种都能把信息传送到大脑。"她把那表示视觉的手指弯起来,使它处在乔治的手心里。"乔治,你和别的孩子不同,"她说,"因为,你仅仅用了四种感觉,你并没有用自己的视觉。现在我要给你一样东西。你站起来。"

乔治站了起来。他的母亲拾起他的球。"现在伸出你的手,就像你将抓住这个球。"她说。乔治伸出了他的手，一会儿，手接触到了球，他就把手指合拢，抓住了球。

"好，好。"母亲说，"我要你绝不忘记你刚才所做的事，乔治，你能用四个而不用五个手指来抓住球，如果你由那里入门，并不断努力，你也能用四种感觉代替五种感觉，抓住丰富而幸福的生活。"

乔治的母亲用了一个生动的比喻，她用简单的数字来说明问题，确实是使两个人的思想交流得更快，最有效的方法之一。

乔治绝不会忘记"用四种感觉代替五种感觉"的信条。这对他来说意味着希望。每当他由于生理障碍而感到沮丧时，他就用这个信条作为自己的座右铭，激励自己。他发觉母亲是对的。如果他能应用他所有的四种感觉，他确实能抓住美好的生活。

· 败 给 悲 观 ·

很早以前，有一群印第安人被白人追赶，逃到了某个地方，他们的处境十分危险。由于情况危急，酋长便把所有的族人召集起来谈话。他说："有些事我必须告知大家，我们的处境看起来很不妙，我这里有一个好消息，也有一个坏消息。"族人中间立刻起了一阵骚动。酋长说："首先我要告诉你们坏消息。"所有的人都紧张地站着，神色惶恐地等待着酋长的话。酋长说："除了水牛的饲料以外，我们已经没有什么可吃的东西了。"大家开始你一言我一语地谈论起来，到处发出"可怕啊""我们可怎么办"的声音。突然，一个勇敢的人发问了："那么好消息又是什么呢?"酋长回答："那就是我们还存有很多的水牛饲料。"

我非常喜欢这个故事，因为这个智慧而略有些幽默的酋长在死的困境中依然保持着泰然豁达的心态，他所看到的，依然是生的希望。一个在厄运面前不会绝望的人，注定是一个永远不会被生活打垮的人。

事实上，我们人生的好多次失败，最后并不是败给了谁，而是败给了悲观的自己。

两个病人

五官科病房里同时住进来两位病人，都是鼻子不舒服。在等待化验结果期间，甲说，如果是癌，立即去旅行，并首先去拉萨。乙也如此表示。结果出来了。甲得的是鼻癌，乙长的是鼻息肉。

甲列了一张告别人生的计划表离开了医院，乙住了下来。甲的计划表是：去一趟拉萨和敦煌；从攀枝花坐船一直到长江口；到海南的三亚以椰子树为背景拍一张照片；在哈尔滨过一个冬天；从大连坐船到广西的北海；登上天安门；读完莎士比亚的所有作品；力争听一次瞎子阿炳原版的《二泉映月》；写一本书。凡此种种，共27条。

他在这张生命的清单后面这么写道：我的一生有很多梦想，有的实现了，有的由于种种原因没有实现。现在上帝给我的时间不多了，为了不遗憾地离开这个世界，我打算用生命的最后几年去实现还剩下的这27个梦。

当年，甲就辞掉了公司的职务，去了拉萨和敦煌。后来，他登上了天安门，去了内蒙古大草原，还在一户牧民家里住了一个星期。现在这位朋友正在实现他出一本书的夙愿。

有一天，乙在报上看到甲写的一篇散文，打电话去问甲的病情。甲说，我真的无法想象，要不是这场病，我的生命该是多么的糟糕。是它提醒了我，去做自己想做的事，去实现自己想去实现的梦想。现在我才体味到什么是真正的生命和人生。你生活得也挺好吧？乙没有回答。因为在医院时说的去拉萨和敦煌的事，早已因患的不是癌症而放到脑后去了。

第 4 章
有害的孤独和有益的孤独

　　孤独有时是有益的,身心可以在适时的孤独中得到休养。滋润心灵,抚慰灵魂,追问生命,没有什么可以和孤独相比。不只圣人,每一个人都需要一些恰如其分的孤独的时刻,使自己的生命更完整。

　　然而也应尽力避免悲观厌世派生的孤独,摒弃离群索居导致的独处。这样的孤独背后总是带有自卑、挫伤、忧郁、失意的情绪。这样的孤独关闭了心扉,拒绝了滋润心灵的春风雨露,甚至拒绝了全部的生活。

　　让我们来正确面对孤独吧!

一个人不能长期孤独地生活

当我们与世隔绝时，就会丧失交际能力，长此以往，就会使自己变成一个废人，与社会格格不入。我们只有正常地生活在人群中，与人为善，友好相处，才会容光焕发，朝气蓬勃。

意大利洞穴专家毛里奇·蒙塔尔只身到意大利内洛山的一个地下溶洞里，开始了长达一年的名为"先锋地下实验室"的活动。

"先锋地下实验室"设在溶洞内的一个 68 平方米的帐篷内，里面除配备有科学试验用的仪器设备外，还设有起居室、卫生间、工作间和一个小小的植物园，在洞外山顶上的控制室里，研究人员通过闭路电视系统观察蒙塔尔一个人在长期孤独生活的状况下生理方面会产生哪些变化。

刚开始 20 天左右，由于寂寞与孤独，蒙塔尔曾感到害怕，怀疑能否坚持到底，但是后来还是顶住了。他给果树和蔬菜浇水，看书、写作或看录像。一年中，他吸了 380 盒香烟，看了 100 部录像片。实验室内还备有一辆健身自行车，他共骑了 1 600 多公里。

度过一年多的地下生活后，蒙塔尔于 2004 年 8 月 1 日重见天日。这时，他的体重下降 21 公斤，免疫系统功能降到了最低点；如果两人同时向他提问，他的大脑就会乱；他情绪低落，不善与人交谈。虽然他渴望与人相处，却已丧失了交际能力。

蒙塔尔说："在洞穴里度过了一年，才知道人只有与人在一起的时候，才能享受到作为一个人的全部快乐。我是一个喜欢安静的人，常常倾向于独处。现在，让我在安静与热闹之间选择，那我宁可选择热闹，而不要孤寂。这场实验使我明白了一个人生的奥秘：生活的美好在于与人相处。"

扛船赶路

一个青年背着一个大包裹千里迢迢地跑来找无际大师，他说："大师，我是那样的孤独、痛苦和寂寞，长期的跋涉使我疲倦到极点；我的鞋子破了，荆棘割破双脚；手也受伤了，流血不止；嗓子因为长久的呼喊而喑哑……为什么我还不能找到心中的阳光？"

大师问："你的大包裹里装的什么？"青年说："它对我可重要了。里面是我每一次跌倒时的痛苦，每一次受伤后的哭泣，每一次孤寂时的烦恼……靠了它，我才能走到您这儿来。"

于是，无际大师带青年来到河边，他们坐船过了河。上岸后，大师说："你扛了船赶路吧！""什么，扛了船赶路？"青年很惊讶，"它那么沉，我扛得动吗？""是的，孩子，你扛不动它。"大师微微一笑，说，"过河时，船是有用的。但过了河，我们就要放下船赶路。否则，它会变成我们的包袱。痛苦、孤独、寂寞、灾难、眼泪，这些对人生都是有用的，它能使生命得到升华，但须臾不忘，就成了人生的包袱。放下它吧！孩子，生命不能太负重。"

青年放下包袱，继续赶路，他发觉自己的步子轻松而愉悦，比以前快得多。原来，生命是可以不必如此沉重的。

同一寝室的人

几年前的那天是俄罗斯某大学新生报到的日子。基里连科便是其中之一。

基里连科到报到处登记后，便拎着大包小包的东西向宿舍楼群走去，他与车雪夫斯基、卡尔平分到同一寝室。基里连科来自一个小镇，小镇居民能歌善舞，热情好客，这种热情让他

感悟
ganwu

体悟孤独，孤独自然而逝；背负孤独，沉重使得心灵无法体会喜悦，反而更加孤独。每一种情绪都是如此，体验它，它就会随风逝去，留下空灵而有益的经验。

感悟
ganwu

在日常生活中，当我们侃侃而谈时，不要忽视了那些在角落里静静倾听的人。也许一个微笑，一句话语，就可以使他们融入自己的圈子，滋润他们孤寂的心灵。

很快成为校内的知名人物。

不久大家又认识了一个人，车雪夫斯基，一个同样来自文学系的"酷哥"。他很少说话，同样也很少听人说话，他的灵魂仿佛装进了一个上了锁的匣子。即使是同寝室的两个人，与他交流的机会都很少。

冬天到了，车雪夫斯基穿了件黄色呢子长大衣，衣领竖得老高，头上戴着大皮帽子，好比契诃夫笔下的别里科夫。

基里连科开始谈起恋爱，而高大英俊的卡尔平也找到了梦中情人。

晚上，在寝室中，基里连科讲述着白天与女朋友之间的趣事，而卡尔平不时地也会与人分享自己的感受。

过了好长时间，车雪夫斯基似乎再也忍受不了寝室里的谈话，人们时常看见他在一盏昏黄的路灯下，拿着一本谁也不知道内容的书，很有兴趣地读着。

车雪夫斯基，来自新地岛——一个非常寒冷的地方，他对学校这里现在的温度非常困惑。因为在家乡，同样是这个时候，天气会非常寒冷，这里就好比春天一样。圣诞节前一天的晚上，他披上那件卡其布上衣，又出去看书了。

圣诞节那天早上，人们看到满地是白白的雪，远处几棵大树被风吹断。又有人发现，雪地里躺着一个身穿卡其布上衣的人，手中拿了一本不知道内容的书。他已经死了，全身僵硬。

人们翻开那本"书"，发现里面什么也没有，全是白纸。或许他太想听见有人问他："你看的是什么书？"

孤独的熊猫咪咪

在一座高高的山上，长满了密密的竹子。这里住着熊猫一家。家里有熊猫爸爸、熊猫妈妈和他们的小宝宝——咪咪。

因为只有咪咪这么一个孩子，爸爸妈妈把他看做是掌上明珠，对他百般宠爱。咪咪要什么，就给他什么，恨不得把天上的星星也摘下来给他。从早到晚，爸爸妈妈都围着他转，听他使唤，咪咪简直成了家里的小霸王。

一个晴朗的日子，黑熊妈妈带着小黑熊来到熊猫家做客。熊猫妈妈十分热情地接待了他们，还拿出一串黄澄澄的香蕉请小黑熊吃，咪咪猛地从妈妈手里夺下香蕉："这是我的！"他把香蕉全抱在怀里，一根接一根地剥着吃，嘴里还故意发出"叭叭"的声响。

爸爸又拿出花皮球给小黑熊玩，咪咪扔下香蕉，又抢过皮球："不给！不给！"

"咪咪，不许这么没礼貌！"妈妈生气了。

看着爸爸妈妈今天没依着他，咪咪放声大哭，遍地乱滚，无论对他说多少好话他都不肯起来。

黑熊妈妈只好带着小黑熊回家了。

咪咪这般无礼，谁也不愿再到他家做客了。可是，咪咪偏偏爱热闹，家里太寂寞了，他就跑出去找小伙伴玩。

刚走出门，他听见一只百灵鸟在歌唱：

"圆溜溜的太阳爬上坡……"

他朝东边一看，鲜红的太阳才露出一半儿，明明是扁的嘛！这小小的百灵鸟竟敢乱唱，咪咪大喝一声："住嘴！太阳是扁的，不是圆的。"

"什么，太阳是扁的？哈哈哈！"树上的百灵鸟大笑起来。

"你敢笑我？"咪咪抱着树猛摇起来，一边摇一边叫，"我说扁的就是扁的！"

百灵鸟被吓跑了。

咪咪来到草地上，一群小猴子正在那里骑车玩。咪咪走过去："我们来比赛骑车！"

比赛开始了。小猴子们把车蹬得飞快，咪咪笨拙地蹬着车，远远地落在了后面，他把车重重地摔在地上："骑车不算

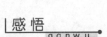

感悟
ganwu

在觉得孤单没有朋友时，我们不妨想一想，为什么大家不愿意跟自己做朋友呢？找到那些不经意养成的坏的行为习惯，并且马上改掉它，你就能赢得友谊，告别孤独。

数，我们来比爬树！"

"一、二、三……"咪咪才爬了三步，小猴子们已上了树顶。

"咪咪输了！咪咪输了！"

咪咪恼羞成怒，他一掌打在一个小猴子的脸上，小猴子捂着脸呜呜直哭，他却像一个胜利者似的，大摇大摆地走了。

从此，没有谁再理睬咪咪了，只要见他来了，大家都躲得远远的。咪咪失去了所有的朋友，感到十分孤独。他找到老象爷爷，向他诉说心中的痛苦，还流下了伤心的眼泪。老象爷爷慈爱地看着他，语重心长地说："孩子，好好想一想，大伙儿为什么不愿和你在一起？想明白了，你就不再是孤独的咪咪了。"

学大雁，别做海鸥

感悟
gǎnwù

一加一大于二。自私自利的人只能孤军奋战，孤独地承受自身的压力。而合作的团队则能相互支持，优雅地走过更远更美的旅程。

很容易理解人们为什么喜欢海鸥。俯视礁石嶙峋的海港，我看到一只海鸥在自由地飞翔。它的双翼强劲地向后拍打着，越升越高，越升越高，直到高过所有其他海鸟，然后滑翔出一个个华丽的弧圈。它不断地表演着，好像知道一架摄像机正对准它，记录着它的优雅。

但是在海鸥群里，它完全变了个样子，所有的优雅与庄严都堕落为肮脏的内斗与残忍。还是那只海鸥，它像炸弹般冲入海鸥群中，偷走一点肉屑，激起散落的羽毛和愤怒的尖叫。海鸥之间不存在分享与礼貌的概念，只有嫉妒和凶猛的竞争。如果你在一只海鸥的腿上系上根红丝带，使它显得与众不同，你就等于宣判了它的死刑。其他海鸥用爪子和嘴猛烈地攻击它，让它皮开肉绽、鲜血直流，直到倒在地上成为血肉模糊的一团。

如果我们一定要选一种鸟儿作为人类社会的榜样，那么海

鸥绝对不是个好选择。相反，我们应当学习大雁的行为。你曾想过为什么大雁要排成"V"字形的雁阵吗？科学家告诉我们，在雁阵中大雁飞行的速度比单飞高出71%。处于"V"字形尖端的大雁任务最为艰巨，需要承受最大的空气阻力，因此领头的大雁每隔几分钟就要轮换，这样雁群就可以长距离飞行而无须休息。

雁阵尾部的两个位置最为轻松，强壮的大雁就让年幼、病弱以及衰老的大雁占据这些省力的位置。雁阵不停地鸣叫，这是强壮的大雁在鼓励落后的同伴。如果哪只大雁因为过于疲劳或生病而掉队，雁群也不会遗弃它。它们会派出一只健康的大雁，陪伴掉队的同伴落到地上，一直等到它能继续飞行。

这种紧密合作的社会秩序对于雁群的生存和健康发展起了非常关键的作用。然而有时候我们的社会更像是亿万孤独的海鸥组成的群体，人们为个人的利益争吵不休，代价是不得不孤独地承受自身的压力。

真正的孤独

好多人在说自己孤独，说自己孤独的人其实并不一定孤独。有时候真正的孤独者不言孤独，只是偶尔一声长啸，如我们看到的兽。

我见过相当多的郁郁寡欢者，也见过一些把皮肤和毛发弄得怪异的人，似乎要装作孤独，这不是孤独，是孤僻，他们想成为6月的麦子，却在仅长出一尺余高就出穗孕粒，结的只是干瘪的果实。

每个行当里都有孤独的人，在文学界我遇到了一位。他的声名流布全国，对他的诽谤也铺天盖地，他总是默默的，宠辱不惊，过着日子，进行着写作，但我知道他是孤独的。

"先生，"我有一天走近了他，说，"你想想，当一碗肉大

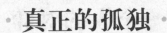

|感 悟|
ganwu

真正的孤独者不需要同情和怜悯。

家都用眼睛盯着并努力去要吃到，你却首先将肉端跑了，能避免不被群起而攻之吗？"

他听了我的话，没有说是或者不是，也没有停下来握一下我的手，突然间泪流满面。

"先生，先生……"我追问着他。

"我并不孤独。"他说，匆匆地走掉了。

我以为我要成为他的知己，但我失败了，那他为什么要流泪呢？"我并不孤独"又是什么意思呢？

一年后这位作家又出版了新作，在书中的某一页上我读到了"圣贤庸行，大人小心"八个大字，我终于明白了。尘世并不会轻易让一个人孤独的，群居需要一种平衡，嫉妒而引发的诽谤、扼杀、羞辱、打击和迫害，你若再不脱颖，你将平凡；你若继续走，终于使众生无法赶超了，众生就会向你欢呼和崇拜，尊你是神圣。神圣是真正的孤独。

走向孤独的人难以接受怜悯和同情。

一个人的对弈

18岁的他，一入伍就被分配到只有一个人站岗的小孤岛，除了定期开来的补给船，每日里和他做伴的只有自己的影子和天空中飞过的海鸟。

这样的日子，他居然乐呵呵地过了3年。

慢慢地，他从班长、排长一路干到了团长。突然，一个意外的漩涡又把他卷进了绝境。妻子丢下孩子和他离了婚。他离开了部队。

后来，他找到了一份在深山老林当护林员的工作。这更是一份孤独的工作，他经常从这座岭爬到那座岭也看不到一个人。

但这些都不算什么，更猛烈的打击还在后面——他的在山下村子里读书的儿子溺水死了。从此，他对山外似乎再也没有了牵挂，而山外的人们，也都不记得山里还有这样一个人，他一年一年孤独地老去。

20年后，一辆从省城开来的电视采访车忽然开进了这座深山。原来，这20年里，他在看护林子的同时，为了解闷，看了许多有关动植物学的书籍，平时在林子里走来走去的时候，他也注意对照书上的图谱观察、研究。最后他将植物的照片和自己写的说明托人寄给老战友，老战友把它寄到一家国外的权威专业杂志社，竟然发表了。

了解到他的人生经历后，让记者惊叹并深受震撼的不是老人的重大发现，而是他有这么坎坷而孤独的大半生，过着这样寂寞得扔块石头都听不见回响的日子，可是他说话时的神情却一直是鲜活、生动甚至快乐的。

于是，记者问他，您为什么能一直保持这样乐观的心态？您让自己快乐的秘诀是什么？

他想了想，说，要说秘诀，也许只有一个：我总是自己跟自己下围棋，白棋是我，黑棋也是我，这样，不管是白棋赢了，还是黑棋赢了，赢家都是我。

听者无不沉思，点头。不错，只要你心里坚信自己就是胜利者，别人，甚至命运，都无法否定你，给你胜利的，是你自己的理想、信念和毅力。

一只孤独的老猫

旅居加拿大的我，和一个离婚独居的德国男子 Haro 分租他二楼的小房间。从一开始，我就发现 Haro 是一个很孤独的男人，陪伴他的只有一只老猫、一个常来造访看起来像流浪汉的朋友，要不就是他离婚多年的妻子偶尔带着他们五岁的小女儿来看他。他真的是个很孤独的人……

感悟
ganwu

因孤独而死去的老猫是可悲的。我们要温柔地对待每一个生命，因为，不管是人还是动物都需要他人的爱与关怀。

故事的主角是那只老得快走不动的老黄猫。Haro 告诉我，它大概有二十多岁了，我从不知道猫可以活那么久。稀稀疏疏的黄毛包裹着它瘦弱的身体，宛如一个九十多岁的老太婆，连走路也让人觉得它力不从心。

有一年，Haro 要到温哥华与家人过圣诞节，临行前他拜托我照顾那只老猫，我理所当然地答应了，不过是举手之劳罢了。第二天晚上，那只老猫一反常态地出现在我房门外，我打开门时被它吓了一跳，只见它垂着眼，安静地坐在那儿，我想它大概是被我房里电视的声音吸引来的吧。

"你也懂得孤独？"我问它。

它没回答我，我想它是听不懂我的话。我打开房门，任它静静地走进我的房间，坐在我的旁边，陪我看了一整晚的电视。我觉得它像个迟暮老人，渴望被关心、被注意，渴望世界有点声音，不要只是令人喘不过气的黑暗和死寂……

第三天我过敏了，全身痒得不得了，我想是猫毛的关系。不得已之下，我狠下心把老猫赶出了房间，可是它不愿就此离去，竟趁我不注意偷偷地住进我的浴缸，怎么赶也赶不走，害我每次进浴室都被它吓到，加上过敏，真是苦不堪言。于是我心生一计，跑下楼将房东的电视打开，并大声叫它下来吃饭，果然它一跛一跛地跑下楼，我趁机用纸箱把楼梯高高地围了起来，才暂时解决了这件事。

接下来的几天，老猫尝试要跳过纸箱上楼，可是年迈的它实在跳不高，几次之后它终于颓然放弃，我也松了一口气，房东的电视更是一刻都不敢关，我想有声音陪伴着它应该就没问题。

圣诞夜，我到朋友家度过了一个愉快的圣诞派对，直到回到漆黑的家，看到客厅闪烁着电视的微光，才突然想起那只孤单的老猫。

"Kitty！"我轻声唤着它，并开了一个猫食罐头准备喂它。

半晌，它蹒跚地出现了，我心疼地蹲下身来摸摸它的头，责怪自己为何无法克服困难留下来陪伴它，它不像我还有许许多多的朋友，可怜的老猫只有自己。

圣诞节过后，老猫不见了，当我发现食物和水好几天都没动过，我开始急了，找遍所有能找的地方，但不管我怎么叫怎么找，它都不再出现，它像是从这房子里蒸发掉一般。我哭着打电话给远在温哥华的房东，他紧急联络他住在附近的前妻回来看看。那天我很晚才到家，家里的灯亮着，开门的是 Haro 的前妻，她操着德国腔的英语悲伤地告诉我，今天下午她在地下室的一角找到了僵硬的老猫，它在好几天前就死去。我呆了，不敢相信自己的耳朵。

"它老了，走得很安详，没有痛苦……"她哽咽地告诉我，她已经把老猫葬在庭院中了。

那晚我流着泪久久无法入眠，我认为是我害了老猫，要不是我狠心不理它，任它在黑暗中孤独地度过好几个漫漫长夜，它应该不会这么早走的。这一切都是我的错。不要以为猫喜欢孤独，曾经有一只老猫，因为孤独而死去。

学 会 倾 听

安妮在一家肯德基连锁店做收银员，每天晚上到了下班时间，孤独就会爬上安妮的心头：她总是一个人孤单地吃完晚餐，然后随手拿起一本小说来打发时间。

纽约这么大的都市，拥有数百万人口，每天人来人往，有欢笑，也有惊奇，却没有任何一个人注意到自己的存在，这世界还有比这更荒凉的吗？安妮一想到这般冷清，就像一只受惊的小兔子，蜷缩在自己的小天地里。

这种日子已经过了几个月，她不知道该如何是好，她不知道怎样才能交到朋友，尤其是知心的朋友。难道大学四年毕业之后，面对的就是这种生活吗？

这还不是最难过的，反正她可以借着阅读各种爱情小说，与书中女主角共度欢笑悲伤，让时间慢慢流逝。但是到了深夜，一个人躺在床上，这才是最难熬的时光，她不知道，是否每个正常人都会有这种需求。

有一天，安妮接到通知要去见公司人事部主管琳达女士，她不知道自己怎么会来这儿见人事主管，也不知道自己怎样对着她侃侃谈出自己的情况，因为她一向不善于表达自己，以往这种情形总是令她手足无措，说不出话来。

人事主管琳达是个善解人意的人，她语重心长地对安妮说："只要你愿意，我可以帮你攻克难关，并且交到朋友。不过，首先你必须抛开那些爱情小说，利用晚上的时间到艺术学校去选修那些课程，不要再读那些虚幻不真实的小说来自欺欺人。还有，你在公司的工作很有发展潜力，我希望你努力干，有一天能升到广告部门的执行组，也正因为如此，你更需要多学一些绘画及用色方面的技巧，最重要的是，你不要再整个晚上窝在家里了。"

安妮还记得经理说过，年轻人只要肯出去参加活动，很容易就可以交到朋友，只要学着去表现自己的特点，做个活泼的女孩，一定会有许多追求者。要有所改变，做自己想做的事。同时要注意看别人做什么，听别人说什么，让自己成为一个好的倾听者；不要轻信别人谗言；除非自己也能给予别人一些回馈，世上不会有人白白对自己好。

不久之后，安妮的生活真的变得多姿多彩，她已经克服她的困惑，她真没想到只是学着多听别人讲话，就赢得了那么多的友谊。她想起这正如琳达女士曾经告诉她的："大多数的人，自我意识都很强，都希望有表达自我的机会，所以，你根本不必担心该说什么，只需要静静地、专心地听对方说，这就够了。"

| 感悟
ganwu

很多时候，夸夸其谈并不能为你带来良好的人际关系及事业的成功。因为，你所想的不一定就是别人所想的，以你自己的想法随意揣测别人的意图甚至会让你功亏一篑。倾听是一门艺术，掌握倾听的艺术则是一种卓越的生活技能。

原来，良好的人际关系这么简单，以往安妮把自己关在小天地里，拒绝和别人沟通，现在，情况完全不同了。

动物学家的发现

有一位动物学家从一片原始森林带回两只猴子，一只强壮，一只瘦弱。他把它们分别关在两个笼子里，每天精心喂养，观察它们的生活习性。一年后，那只强壮的猴子莫名其妙地死掉了。为了不中断研究，他又让人从巴西带来一只，这只比死掉的那只更大，可是不到半年又死了。为了弄清原因，他对两只猴子的尸体进行了解剖，可还是未找到原因。

后来，他重返原始森林，对那里的猴群进行研究，结果发现，凡是体大健壮的猴子，人际关系都比较好，其他猴子弄到食物时，它总能分享到一份。但是这类猴子很少能静下来，它们一有空就与其他的猴子追逐嬉闹；而这类猴子一旦被捉住，却很少能活过一年。那些善于晒太阳和闭目养神的猴子则不同，它们由于不入群，因此很少分享到其他猴子的食物，这些猴子长得都比较弱小，但它们被捉住后却可以活下来。

由此，这位动物学家得出结论，对猴子而言，缺乏交往的生活是一种缺陷，缺乏独处的生活则是一种灾难。

你并不孤独

有一天晚上，一个人做了个梦，梦见和神一起走在沙滩上，空中忽然闪过了他一生中的点点滴滴；他发现在每一幕里，沙滩上都有两对脚印，一对是他的，另一对是神的。

生活在这个社会，人总无法避免地要和他人打交道，良好的人际关系处理能力让人在交往中得心应手，但是同时人也必须学会独处。人是独立的个体，有自己的私人空间，如果不懂得独处，又怎能梳理自己的思想，发现自己的不足，修身养性？

感 悟
ganwu

当你觉得孤立无援的时候，静下来看一看，你就会发现其实很多人都在旁边默默陪着你。

当最后一幕划过，他再回头看着沙滩上的脚印，却发现有好几次，沙滩上却都只有一对脚印而已！而且那些时候都正好是他生命中最低潮、最难过的时候。

他很困惑地问着神："你答应我的，你说你会寻声救苦，一旦我誓愿跟随你，你就会一直走在我身边扶持我，但是我发现在我生命中最难受痛苦的时候，沙滩上却只有一对脚印而已啊！我不懂，为什么在我最需要你安慰帮助的时候，慈悲的你却舍我而去？"

神慈悲柔和地回答说："我忆念你，扶持你，而且我永远不会离开你。在那些你最困难最痛苦的时候，你只看到一对脚印，因为，那是我抱着你在走的。"

两个钓鱼者

两个钓鱼高手一起到鱼池边垂钓。这两人各凭本事，一展身手，用不了多久的工夫，皆大有收获。忽然间，鱼池附近来了十多名游客。看到这两位高手轻轻松松就把鱼钓上来，不免感到几分羡慕，于是都到附近买了钓竿，坐在池边试试自己的运气。没想到，这些不擅此道的游客，怎么钓也是毫无成果。

而那两位钓鱼高手，彼此的个性根本不同。其中一人孤僻，单享独钓之乐；而另一位高手，却是个热心、豪放、爱交朋友。爱交朋友的这位高手，看到游客钓不到鱼，就说："这样吧！我来教你们钓鱼。如果你们学会了我传授的诀窍，而钓到一大堆鱼时，每十条就分给我一条，不满十条就不必给我。"双方一拍即合，欣然同意。教完这一群人，他又到另一群人中，同样也传授钓鱼技术，依然要求每钓十条回馈给他一条。一天下来，这位热心助人的钓鱼高手，把所有时间都用于指导垂钓者，获得的竟是满满一

感 悟
ganwu

享受孤独的静谧和愉悦，需要抵挡得住外来的诱惑。

大笭鱼，还认识了一大群新朋友，同时，左一声"老师"，右一声"老师"，备受尊崇。

而同来的另一位钓鱼高手，却没享受到这种服务人们的乐趣。当大家围绕着其同伴学钓鱼时，那人独自一个人垂钓，显得有些孤单落寞。一天过去之后，他的收获也远没有同伴的多。热心豪放的钓鱼者就过来和孤独沉静的钓鱼者攀谈，热心地分享自己的经验。他说和大家分享经验很开心，不经意之间反而得到很多来自他人的回馈和爱。他劝孤独沉静的钓鱼者第二天和他一起来教大家学钓鱼。出乎他的意料，孤独沉静者拒绝了他的邀请。

孤独沉静的钓鱼者说："教大家钓鱼固然热闹开心，但是却没有独自垂钓的静谧和愉悦。"

红杉树

著名的美国红杉树是世界上最高的树种之一，也是地球上最庞大的植物之一。它们高达 300 英尺（1 英尺约合 0.3 米），寿命长达 2 500 多年。这种树木主要产在美国加州沿海一带，难免要经受台风和暴雨天气的考验。

有人认为这么高大的树木，可以在自然的挑战中顽强地存活这么久，它们一定有庞大的根系，它们的根基一定会伸展到地下几百英尺。其实红杉树的根基并不深，加州海滩特殊的地质条件让它们的根部无法扎得太深。它们不畏风暴的秘密在于每棵杉树的根都和周围杉树的根纵横交错地锁在一起。虽然表面上看起来是一棵棵独立的杉树，风暴来袭时，它们的根却互相支持、互相保护，一同抵御了上千年的风雨。

·谁在孤独·

城市人喜欢养宠物犬，已不是什么稀奇的事。比较有名的如拉萨犬、西施犬、沙皮犬以及松狮犬等等。清晨的朝霞和落日的余晖以及人与犬的身影构成了城市一幅别致的图景。

儿子八岁了，可爱顽皮，非常喜欢我早上带他一起去锻炼，晚饭后我们也一起去散步。我们相处得很融洽，他也喜欢和我说他自己的事。一天傍晚，我们在绿树环拥的磨房南路上行走时，儿子忽然问了一句我至今都感觉很惊奇的话："爸爸，她们很孤独吗？"我当时怔了一下，也许是不知道他所指的是什么，也许是惊诧于他小小年纪竟会用"孤独"这个词。不过，我还是本能地顺着他面对的方向望过去，一位六十多岁的老妇人在蹒跚着前行，她的身后跟了一只松狮犬，长长的毛遮住了它的眼睛，甚至拖到了地上。我看不清楚老妇人的面孔，不过她的松狮犬却很招人喜欢，它时不时地跑到老妇人的前面突然停下来，回头望望，好像是在等她。

我停下来，对身边的儿子说："你说的孤独是指她吗？"我把头扭向老妇人的方向，想证明自己的判断是正确的。"不，爸爸，我是说她们很孤独。""哦？还有小狗吗？""应该是，爸爸，你不认为人与动物在一起的时候就会感觉很孤独吗？""为什么呢？"我很感兴趣地问。"她们不能说话呀，只能在一起玩。"原来，儿子的想法是没有语言上的沟通而做形式上的联系就是孤独的真正意义所在。我忽然心中紧了一下，蹲下去伸过手将儿子搂在怀里。"现在你感觉孤独吗?""不,爸爸,现在我好开心,因为我们在说话、在一起玩,我不孤独呀!"

望着渐渐远去的老妇人和松狮犬的背影,我搂紧了儿子的肩膀,轻声对他说:"是的,我们不孤独,因为我们是朋友。"

·米开朗琪罗的性格·

米开朗琪罗是意大利文艺复兴时期的雕塑家、画家、建筑师和诗人。在他年轻的时候,酷爱学习使他陷入了绝对的孤独。在旁人眼里,他孤芳自赏,生性乖僻,疯疯癫癫。不论何时,社交活动总使他感到腻烦。他没有朋友,只和几位严肃的人士来往。他生平只爱过一个女人——著名的德·贝斯凯尔侯爵夫人维多利阿·柯罗娜,但那也无非是种柏拉图式的恋爱。

确实,他自己就善于把人的形象理想化,而无须借用别人的理想。能证实这一点的是:这个人虽然很少创作出仅仅是赏心悦目的美术作品,可是不论在什么地方见到了这种美,他都会对之倾注满腔的热情。一只美丽的山羊,一片美丽的风景,一座美丽的山,一片美丽的树林,一条好看的狗,无不引得他出神入迷。就像以前人们诽谤柏拉图的爱情一样,人们对他爱美的天性也散布了不少流言飞语。

他慷慨大度,他分赠掉了大量自己的作品。他说过:"不管我多么有钱,我的生活始终过得如同贫人一样。"他从来不想那一切构成一个庸人生活含义的东西。

他吝惜的唯有他的时间和精力。在进行重大的创作期间,他常常和衣而睡,免得花去披衣束带的时间。他睡眠很

感悟 *ganwu*

艺术和文学的奇才们的天才作品都诞生于孤独。孤独对于他们而言如同空气是生命的必需品。真正的创作是需要孤独的。

95

少，而且经常半夜起床，抓起雕刀或铅笔记下他的构思。每逢那种时日，他的一日三餐仅是几片面包而已。清晨他把面包揣在怀里，以后在梯子上一边工作，一边啃面包充饥。只要有一个旁人在场，就能完全扰乱他的情绪。他必须有一种与世隔绝之感，方能得心应手地工作。为身边琐事而忙碌，对于他来说简直是种折磨。尽管在认为值得耗费精力的大事上，他果断而有魄力；可是在小事上，他却羞赧不已，例如他就从来不愿出面举行一次晚宴。在他塑造的成千上万的人物形象之间，没有一个被他遗忘过。他说，不经预先回忆一下，他是否已经用过这个形象，他是绝对不动手勾画草图的。

因此，在他笔下，从不见重复。尽管在生活的一切方面他是那样的温善、随和，可是在艺术上他是难以想象地多疑和苛求。他亲手为自己制造锯子、雕刀，不论什么细枝末节，他都不信托别人。一旦他在一件雕像中发现有错，他就放弃整个作品，转而另雕一块石头。由于他往往不能把自己的宏伟构思付之实现，甚至在他的天才达到炉火纯青的地步时，他所完成的雕像还是为数不多的。

有一次，一刹那之间他失去了耐心，竟把一座几乎竣工的巨大群像打得粉碎，这是一座哀悼基督的雕像。

一天，红衣主教法尔耐兹在斗兽场附近碰见了这位已是风烛残年的老人在雪地里行走，主教停下车子，问道："在这样的鬼天气，这样的高龄，你还出门上哪里去？""上学院去。"他回答说，"想再努一把力，学点东西。"

盛誉之下的孤独者

我曾多次引用过威廉·毛姆的一段话，来说明自己对于

"心灵的故乡"（或曰"精神家园"）的理解。这段话的意思大致是这样的：有一些人，在出生的地方他们好像是过客，孩提时代就非常熟悉的浓阴郁郁的小巷，同伙伴们游戏其中的人烟稠密的街衢，对他们来说都不过是旅途中的一个驿站。这种人在自己的亲友中落落寡合，在他们唯一熟稔的环境里也始终只身独处。也许正是这种在本乡本土的"陌生感"才迫使他们远游异域，去寻找一个永远的居处。说不定在他们内心深处，仍然隐伏着多少世代以前祖先们的习性和癖好，它们使这些漫游者重新回到了祖先们在远古就已离开的土地之上。有时候当他们偶然到达了某个地方，他们会神秘地感到，这里正是自己梦寐以求的栖身之所，是他们一直在苦苦寻找的精神的家园和心灵的故乡，只有在这里，他们的心才能够安静下来……这段话出自毛姆 1919 年创作的小说《月亮和六便士》。

是的，无论岁月怎么变迁，无论时代怎样改变，人类的情结，人类的根，人类的文化，等等，都将有一些最永久的、如同前世回忆似的东西长存下来。无论你走到哪里，流落何方，你都会凭着心灵中最敏感的触角而把自己的故乡所特有的东西分辨出来：它的气息，它的色泽，它的炎凉……没有错，乡愁对于游子，就像一切人类的基本感情一样，是与生俱来的。

1965 年，已经到了风烛残年的毛姆（这一年他 91 岁），孤独地客居在法国南部弗雷特角的一所空荡荡的别墅里。

他获得过桂冠，但他的精神上却布满了荆棘；他处在全世界的盛誉之下，却又被一大片孤独包围着。

"……我太疲乏，太累了！综观我的一生，我想不起有过什么幸福的时刻。"他仿佛是在自言自语地咕哝着，"你们看，我做了一件又一件的错事，把一切都搞糟了！一切

才华横溢的人一生比别人体会到更丰富更真挚的情感，也感受到更多的孤独和痛苦。

都无法改变了，已经太晚了……"这位满面皱纹的、古怪的老人，几乎每天，都步履艰难地、像一个幽灵般地、在毛莱斯克的追忆中寻找出一点点安慰，但面对现实，他又惊慌失措，黯然神伤。白昼的日影一点一点地从他的身上消逝，黑夜就要降临了……是的，他的老朋友们一个个都先他而去了。他昔年的恋人和情人，也纷纷地离开了他——不，也许是他执意离开了她们。

"我活得太久了！为什么要活这么久啊！"他痛苦地、矛盾重重地想着，"我现在完全成了一个孤老头子！……可是，可是死亡啊，又多么令人恐怖！一切都挽救不了死亡……啊，我又是多么害怕去叩击那扇死神的门扉啊！多么害怕听见它那急骤的铃声……滚开！我还没有死！还不想去，真的不想去啊！……"在这样的日子里，经常陪伴在他的身边的，只剩下两个人。一个是他的侄子——也已成为作家的罗宾·毛姆，另一个则是他忠诚的老秘书阿伦·西耶尔。他是年老的毛姆最忠实的朋友和伴侣，将近20年了，他一直忠心耿耿地陪伴着他。他成了老人生命中最后的亲人、朋友、老仆和知音。现在，他已经60多岁了。

当老毛姆情绪平静下来的时候，他们三人坐在一起，谈得最多的当然还是创作上的问题。"就写作而论，"有一天黄昏，老毛姆坐在沙发上，缓缓地对罗宾说道，"我对此还是略有所知的。一个作家，仅仅懂了些写作的技巧，还远远不够。一个作家，不仅仅坐在桌前才算写作。他一天到晚无时不是在写作。思考，阅读，做事情，这一切都是在写作。当他做着这一切的时候，他应该把自己所感觉到的每一件事物，所遇见的每一个人都深深地印在脑子里。它们要花费一个人毕生的精力和时间。"

"那么，是否可以这样说：一个从事创作的人若想获得成功，就必须放弃其他一切？甚至包括把自己的灵魂都贡献出去?"毛姆沉默了一会儿，肯定地告诉罗宾说："是的，可以这样理解。否则，绝不可能成为一个真正的作家。"

　　老毛姆的确是老了。他已经搁笔多年了。但即便是在他的风烛残年，他写的书和小说的版税仍然源源不断地从世界各地涌来。他的书共销售了8 000万册。他共创作了120多篇短篇小说，26个剧本，还有那么多的长篇小说。近80篇小说在电视上演播过。他的《忠实的妻子》被改编成了歌剧；《人性的枷锁》《月亮和六便士》《刀锋》……被拍成了电影。它们正陆续地又给他送来数百万美元的收入。他很高兴自己在行将就木的时候竟是拥有如此巨大财富的人。而他高兴的原因只有一个，那就是，他有条件来关心和支援那些在创作道路上正拖着艰难的步履行进，而且尚未获得成功的人了，包括那些永远不可能成功的失败者。他一直这样认为：那些处在创作旺盛期的作家，在生活上无一例外是穷困潦倒的。还在战争之前，他的别墅里便常有这样一些尚未成功的"穷光蛋"来充当"食客"。毛姆必定每天都亲自和他的厨师安妮特一起，为这些可怜的天才们研究和制定菜谱。这不，现在，有一位叫诺埃尔·考沃德的作家，当他创作的戏剧再也不像过去那样受欢迎了，他的原先的资助者也都纷纷破了产，他自己几乎到了一文不名的时候，他便想到了住在毛莱斯克别墅的老毛姆。

　　"恐怕他已经有好几个礼拜都没吃过一顿像样的饭了。"毛姆难过地赶紧吩咐着，"一定要好好地款待他，一定不要让他感到我们对他有丝毫的怠慢。"

　　果然，这位倒运的作家，宾至如归地在毛姆为他准备的丰盛的餐桌上猛吃一顿。由于吃得太饱，临分别时，仅仅走了几步，他便显得有点走不动了。毛姆看在眼里，深表理解地说道："不必客气，欢迎再来。我的酒和巧克力蛋奶酥，还有布丁，永远为你留着……"

还有一天上午，罗宾把毛姆早年出版的几本初版书拿来，请他签字。

他像一个陌生的人，惊奇地摩挲着它们，喃喃自语道："真不知道这些书都是谁写的。肯定我从未写过。"

"不，这些都是出自您之手，是您编写的小说作品。"罗宾大声地告诉他。

但他立刻纠正罗宾道："千万不能说是'编小说'。这一点你必须搞清楚。我一生中从来没有编过任何一篇小说。都是小说主动找上门来，要我把它写出来，我才动笔的。"

过了几天，在一次吃饭的时候，他又对这个问题补充道："我之所以要写作，是因为我觉得有些东西非说出来不行。我所写的小说，现在我好像连一篇也记不起来了，那全是很久以前的事。很久以前了……"1964年1月25日，是威廉·毛姆的90寿辰。那几天里，电、贺信、贺礼像洪水般地从世界各地源源不断地向他涌来。这些为他祝寿的人包括摩纳哥总督皮埃尔王子、法国现代政治家内蒙斯、英国桂冠诗人梅斯菲尔德、南锡市长以及一艘以毛姆的名字命名的邮船船长和全体船员。弗雷特角市长给他寄来了手杖；一位崇拜他的美国女士给他寄来了手帕，手帕的四周精心地绣着毛姆的签名；还有一些人给他寄来了长披巾、领带和手套等。而前来采访的世界各大报纸的新闻记者更在他的门口排起了长队……"真不知他们为什么要这样做！"他对阿伦说道，"谢谢他们的好意！可是，我并不认为自己是一个伟大的人物啊！……你们看，我的整整一生，都被这个世界困惑着。我至今也弄不明白，我是怎样被卷入这样的困惑中的。我其实是当今世界上最不讨人喜欢的老头儿之一。"

可是，就在他向阿伦说着这话的时候，阿伦却在想着不久前发生的一件趣事。

那天，阿伦和他一起上街转悠。阿伦让他站在一个书亭旁等着他，自己去办另一件事。

当阿伦回来时，却找不到毛姆了。他惊慌失措地寻找了好一会儿，才发现老毛姆正在和两个英国旅游者津津有味地谈着什么。那位太太见阿伦走了过来，便十分审慎地把他拉到一边，附耳低声地对阿伦说："这小老头儿可真逗！我们问了问他的名字，您猜他怎么说？这可怜的老头竟自称是威廉·毛姆。"

在毛姆最后的日子里，他在书桌上摆出了自己母亲的画像。

"但愿我是回老家去的。"

他躺在床上，面色苍白，显得十分虚弱。他的目光长久地注视着母亲的画像，喃喃自语道："但愿我能够再见到我那亲爱的母亲。我的灵魂，也许是可以获得再生的……"这是1965年12月11日，一个星期六的晚上。他好像已经听到了正在门外徘徊的死神的脚步声。他紧紧地抓着阿伦的手说："我想请求你，让我死在我的床上。然后请你一个人把我的遗体送到火葬场，陪我走完最后一段旅程吧……"第二天早晨，他再也没有醒过来。

遵照毛姆生前的意愿，阿伦含着泪水，跟着柩车到了马赛。没有其他任何人，只有阿伦自己。他亲眼看着毛姆的遗体被推进了焚尸炉里。

然后，仍然是阿伦一个人，捧着那个小小的红木骨灰盒，从法国护送回英国。一块小小的绿草地，一小堆新鲜的土，一群身穿校服的送葬的儿童，还有一块小小的石碑，上面镌刻着一行小字：威廉·萨默塞特·毛姆（1874—1965）。

梵高的童年

梵高从孩子们面前走了过去，一言不发。他出了园门，穿过田野，沿着草地的小径前行。他要到溪边去，孩子们从他随身所带的玻璃瓶和渔网中看出了这一点。但是他们当中没有一个人敢在他身后问："哥哥，我能一起去吗?"不过，他们很了解他在捕捉水里的昆虫时有多聪明。

他回来时，总给他们看各种各样的甲壳虫：有着闪烁的、褐色的壳，大而圆的眼睛，以及从水中出来后便神经质地伸缩着的弯曲的腿……孩子们带着尊敬的口气谈论他，毫无嘲弄之意，但是他们不敢要求去那清新凉爽的溪边，溪边开放着最为美丽的勿忘我和玫瑰色的睡莲，在那儿，把双手插入闪光的白沙之中，不染半点尘埃。孩子们凭本能感觉到：他们的哥哥喜欢独处。如果父亲送他去的那个寄宿学校有个假期，他所寻求的不是陪伴，而是独处。

他知道最珍贵的花长于何处。他避开那有着笔直的街道、井然有序的小屋的村庄，穿过丘陵和山谷寻找他的道路。每次他总能发现令人惊奇的东西，窥察到处于自然栖息地的稀有的动物尤其是鸟类。对于鸟类，他知道它们筑巢或生活的地方。如果看到一对云雀降落在麦田里，他知道该怎样接近它们而不折断周围的禾苗。

那时候他没有留下一幅钢笔或铅笔的素描。这个未来的画家当时并没想画画，只是沉思默想。还是一个小男孩时，他曾怀着极大的好奇心，审视一个雕塑家的助手用黏土给他做成的小像。8岁那年，他画了一幅画：冬天的花园里，一只猫在光秃秃的苹果树上疯狂地飞奔着。

这使母亲大吃一惊，孩子艺术感觉的自然表达是如此惊人，她竟然不敢相信这是真的。

过了好久，这件事才被父母提起。

梵高最后成为法国印象派画派的代表，他的一幅油画，创造了世界单幅油画拍卖价格的最高纪录！

爱因斯坦的孤独

这个大步跨出了科学圣殿而直面血与污秽的伟大的天才，他发现：科学和政治，个人和社会，都一样深深植根于脚下的多难的土地。这土地，原来是连成一片，并没有大陆和次大陆之分的，没有国界。他没有祖国，可又无处不是他的祖国。说到底，时代与他，谁也没有抛弃谁。如果说他离开德国，离开普鲁士科学院，离开属于科学工作者的纯粹的研究生涯也算是一种抛弃，不如说是一种拒绝。他拒绝了他所应拒绝的一切。

他拒绝了一切，唯独保留作为一个世界公民的责任。人类是什么呢？作为类的概念，其实是哲学中的一个"无"，然而在他那里却是一个实实在在的"有"，一个足以让他甘愿委以全部生命热情的实体。为此，无形中便在他与爱人和朋友之间划开了一段情感距离。他拒绝了祖国的拒绝，却也拒绝了亲人的接近，拒绝了为世俗所珍视的、日常的爱抚与温情。——这才是人生最可怕最难堪的一种

感 悟
ganwu

因为有悲天悯人的胸怀，因为对这个世界有可怕的清醒的认识，伟大的人物总是比常人更加的孤独。

103

拒绝啊！

他曾经这样写道：我实在是一个"孤独的旅客"，我未曾全心全意地属于我的国家，我的家庭，我的朋友，甚至我最接近的亲人；在所有这些关系面前，我总是感觉到有一定距离并且需要保持孤独——而这种感觉正与日俱增。两难的孤境！以爱因斯坦的坚强而明澈的理性，真使人怀疑，他是否真的进入了这样痛苦的状态。但是，只要读到他以无限的同情描写斯托多拉（一位"汽轮机和燃气轮机之父"）的话，便一切都明白了。他说："人们的苦难，特别是由人们自己所造成的苦难以及他们的愚钝和粗暴，沉重地压在他心上。他深刻了解我们时代的社会问题。他是一个孤独的人，如同所有的个人主义者一样，对于人折磨人的那种可怕的事情的责任感，以及对于群众处于悲惨的境地的无能为力的感觉，都使他感到苦恼。虽然他有了特殊的成就和深受爱戴，但是他的感受力还是使他痛苦地感到孤独。"不是形而上学者的无端的空虚，也不是唯我论者的孤单寂寞，而是一个清醒的现实主义者的刻骨铭心的时代体验。在专制和谎言所毒化的空气里成长起来的普遍缺乏气魄和力量的一代人中，又能找到多少个这样的孤独者？即使同时出现了一批孤独的天才，也都大抵如莱布尼兹所说的单子一样分布着。没有"窗口"，灵魂怎样往来呢？爱因斯坦的孤独是永恒的孤独。那是一种状态，也是一种力量，是他唯一可感知可把握的。只要他要做一个完整的人，只要他不肯放弃那个始终引导着他的目标，只要人类的苦难与他同在，他就注定是一个"孤独的旅客"，永远在途中，无止无休地跋涉……

哦，命中的孤独者！

海明威的受奖演说

我不善辞令，缺乏演说的才能，只想感谢阿尔弗雷德·诺贝尔评奖委员会的委员们慷慨授予我这项奖励。

没有一个作家，当他知道在他以前不少伟大的作家并没有获得此项奖励的时候，能够心安理得地领奖而不感到受之有愧。这里无须一一列举这些作家的名字。在座的每一个人，都可以根据他的学识和良心提出自己的名单来。

要求我国的大使在这儿宣读一篇演说，把一个作家心中所感受到的一切都说尽是不可能的。一个人作品中的一些东西可能不会马上被人理解，在这点上，他有时是幸运的；但是它们终究会十分清晰起来，根据它们以及作家所具有的点石成金的本领之大小，他将青史留名或被人遗忘。

写作，在最成功的时候，是一种孤寂的生涯。作家的组织固然可以排遣他们的孤独，但是我怀疑它们未必能够促进作家的创作。一个在稠人广众之中成长起来的作家，自然可以免除孤苦寂寥之苦，但他的作品往往流于平庸。而一个在岑寂中独立工作的作家，假若他确实不同凡响，就必须天天面对永恒的东西，或者面对缺乏永恒的状况。

对于一个真正的作家来说，每一本书都应该成为他继续探索那些尚未到达的领域的一个新起点。他应该永远尝试去做那些从来没有人做过或者他人没有做成的事。这样他就会有幸获得成功。

如果将已经写好的作品仅仅换一种方法又重新写出来，那么文学创作就显得太轻而易举了。我们的前辈大师们留下了伟大的业绩，正因为如此，一个普通作家常被他们逼

"写作，在最成功的时候，是一种孤寂的生涯。"因为他总是要去探索尚未到达的领域，总是要去做他人没有做过的事情。有时候作家是被自己的天分驱赶到孤独中去的。平凡的人，却可以从他们的经历中懂得，主动选择孤独，可以让我们的生命更真实、更精彩。

人的光辉驱赶到远离他可能到达的地方，陷于孤立无援的境地。

作为一个作家，我讲的已经太多了。作家应当把自己要说的话写下来，而不是说出来。

再一次谢谢大家。

1954年海明威获得了诺贝尔文学奖，他写下了在授奖仪式上的演讲词，海明威本人未出席这次授奖仪式，当时美国大使约翰·C.卡波特代读了这篇发人深省的受奖演说。

孤独也是美丽的

每个人的心田都不是独立的世界，当成功无人喝彩，失败无人安慰时，便会失魂落魄似的慨叹孤独。

曾尝试着独自一人在窗外任凭如水的月光洒落在我身上，一阵清风从眉间飘过，夹着一丝草味的清香，我闭上眼睛享受着那股清香，希望寂寞不再滋长，希望孤独也被淡化。可是，风停之后，孤独仍会纷至沓来。久了方才悟出孤独无须梳理，无须逃避，只有树立坚定的信念去追求，去拼搏，才能超越自我。

放飞心灵的鸽子，让它捕捉阳光中最美的五线谱，让所有的孤独在灿烂无风的日子里升华成一道七彩的风景线。让自己在孤独中醒悟，开始凝视自己、审视自己、发现自己，在孤独中找回一个真正的自我。

追逐风的脚步，放飞盛满梦的风筝，让自己在孤独中摘回一个美丽的青春。在岁月长河的浪尖上，原来孤独也是美丽的。

感悟 ganwu

没有什么比孤独更能教会人成长。

孤独的少年

老师：

您好！我是一名 17 岁的男孩。由于没有知心朋友，总是感到很孤独。回到家里也是一个人呆呆地读书或者看电视，什么地方也不想去。老师，您说我该怎样才能摆脱孤独呢？

老师给这个男孩的回信：

我先来谈一谈什么叫孤独。在古汉语中，"孤"与"独"各有其特指的对象和内涵。"孤"是专门对小孩而言的，指失去父亲的幼儿，所谓的"无父为孤"；"独"呢，是专门对老人而言的，指没有孩子的父亲，所谓"无子为独"。在现代汉语中，"孤""独"联用就不是指父子之间的聚与散，而是指人所特有的一种分离感，也就是一个人与他人或群体分离后的那种失落感。孤独意义上的分离，既可以指空间位置上的"离群"，也可以指人际交往方面的"离心"。就说婴儿吧，一离开妈妈就要哭。这哭声并不说明他真的渴了或者是饿了，而是婴儿对孤独的一种反抗。所以，妈妈抱一抱他，哭声就会戛然而止了，因为空间距离的缩小导致了分离感的解除。进入青春期以后，许多人也同时登上了孤独的高峰。这种孤独主要不是一种"离群"的感觉，而是一种"离心"的失落。17 岁的少男少女总觉得自己和亲人、和友人、甚至和恋人有那么一点内在的不协调。如果一个人苦于"离心"意义上的孤独，单靠妈妈抱一抱恐怕就不能解决问题了。因为这种孤独所要求的主要不是空间距离的缩小，而是心理距离的拉近。如果缺少了心灵上的沟通，即便满街都是红男绿女，我们照样会有一种痛苦的分离感。正像一首诗中所写的：

我孤独地投身在人群中，人群投我以孤独。

其实，孤独并不是十七八岁特有的感觉，而是与生俱来并且会陪伴我们终生的一种存在状态。人为什么会孤独呢？因为社会性是人的根本属性，而人又不可能完完全全避免与社会的某种分离。在空间和心理上脱离他人和社会之后，人的社会属性就遇到了危机，这种危机反映到头脑中就叫做孤独。既然孤独是不可避免的，那么我们应当怎么办呢？这里我给你提出这么两个对策。

第一个对策，要把孤独体验变为走向深刻的契机。一个人如果完全没有孤独，我想他是不会有心理深度的。所谓"古来圣贤皆寂寞"，说的就是圣贤之人能够利用孤独进行深刻的思索。希望青年朋友也训练自己积极运用独处的时间，多读一些好书，多懂得一些能使自己走向成熟的经验，甚至可以搞一点技术上的研究和艺术性的创造。这样一来，孤独就不只是一桩心灵的苦差了。

第二个对策，要让孤独变成人际交往的亲和力。从表面上看，孤独好像是一种心甘情愿的落落寡合。其实呢，孤独是一种凝聚的渴望，而不是离群的怪癖。正像我的朋友小吕说的："啥叫孤独哇？孤独就是不能和自己想在一起的人在一起。"我觉得她讲得很有道理。怎么办呢？那就走出你孤独的小屋，争取和你想在一起的人在一起。如果不能直接地在一起，间接地在一起也是有意义的。你还记得那句诗吧：

遥知兄弟登高处，遍插茱萸少一人。

这个"少一人"呢，我想它不是说少了一个干活儿的人，而是向远方的兄弟表达"想在一起"的手足情意。

飞鸟的孤独

我是一只爱飞翔的鸟，我眷恋着大自然每一种柔美绮丽的风光，每一种或浓艳或素淡的色彩。我喜欢阳光的灿烂，雨水的清润，幽清的夜色，静谧的山野。妈妈说我长着一对有力但不安分的翅膀。是啊，从很小的时候起，我就顽强地进行一次又一次的飞行锻炼，我告诉自己我要飞往我向往的地方，不管会有多少艰难险阻。我细嫩的羽翼在一天天的历练中，逐渐变得丰实、强健。

对未来蓝图的无数次想象，给我带来了无比的欢欣和期盼，梦想在一天天地伴随着我，慢慢长大，播下的种子已经破壳而出，并不断地涂抹上五颜六色，最初是淡黄色，像妈妈嘴唇的颜色，当我从妈妈嘴里接过食物，那柔和温暖的淡黄色就成了我描绘蓝图的第一种颜色；当然还少不了纯白色，那是妈妈丰厚的羽毛，在寒气逼人的冬夜，密实地环绕在我周围；还有鲜红得像血一般的颜色，记得那一次我淘气地离开妈妈，独自在林间游玩唱歌，浑然不觉危险已经悄悄来临，一个猎人对着我举起了他的弓箭，在千钧一发的时刻，是我亲爱的妈妈，奋不顾身地向我飞来，剧烈扇动的羽翼划破了祥和的空气，天生的敏感促使我快速飞离，只听得尖锐的利箭呼啸而过，妈妈痛苦的一声呻吟，鲜血从她的小腹下渗出来，滴落在地上。从那一天起，我懂得了，原来鲜红色不仅仅只是太阳那夺目的光芒，它还是流动在我们每一个生命里的最原始的颜色。它的鲜红，一样会触目惊心，因为，它是生命疼痛的一种最基本的色调。

对未来的不可知，我也有一点的迷惑和不安，因为伴随着我的长大，我发现了更多灰暗的色调，并且这些色调的比重逐渐增大，但我绝不畏惧，我知道我一生下来，就已注定我命中

感悟
gɑnwu

如这只飞鸟一样有一双有力而不安分的翅膀的人，因为心中向往着更高更远更广阔的世界，所以他们远离熟悉的世界，主动选择孤独的人生。因为心灵的眼睛望向远方所以选择孤独；反过来也是对的，选择孤独时你的眼睛才能望得到远方。

109

飞翔的一生。

我的蓝图由最初的纯净轻盈明快，不断地掺杂入繁杂厚实凝重，每一笔都记录和收藏着一个小小的故事或一种浓郁的感受。而画布越来越大，色彩也越来越杂乱。我的伙伴们都已渐渐读不懂我的画了，他们的眼睛里，始终映衬着蓝天里飘浮游荡的柔和的白云，绿林中清新漾动的空气，草丛中娇艳簇拥的野花，慈爱温和的双亲，一起嬉戏追逐的玩伴。而我的世界，却诠释着我不懂的苍老，我不懂的沧桑，我不懂的终结，我不懂的悲悯。小小的我很早就品味着孤独，揣着我遥远的梦想，在每个雨丝飘零雨声沥沥的日子里，我混合着清纯或浑浊的雨水，在我的调色盘上，调和着我水一般流动渗入的每一条心绪；在每个艳阳高照阳光四射的日子里，我混合着或璀璨或毒辣的日光，在我的画布上，重重地涂上我光一般闪动变幻的沉思。

在种种远离群体、远离热闹、拒绝探访的静默与无数次的挣扎煎熬中，我摇摇晃晃地不可避免地长大了。

飞行的日子终于到来。这一天，我久久地盘旋在家的上空，依恋不舍地看着蜷在窝里已然苍老的妈妈，在这片土地上我一次次构筑的蓝图又在我的脑海里不断闪现，不忍、不舍、难弃啊，我的泪哗哗地流着，洒在妈妈身上，洒在我成长的这片土地上。我第一次知道，原来真正的悲伤，是透明而没有颜色的。

我终于在铭刻中，携带着我涂抹的蓝图远去。

我始终坚信，那一方自由辽阔的天空，定不会嘲笑我偶尔愚笨的飞行姿势，会有和风流云温软地配合我动作的韵律；定不会因为我的肆意鸣叫引来瞄准我的枪口，会有另一种恣意的和声在天地中回鸣；定不会在我思念回首的时候拉上沉重灰暗的夜幕，会有满天盛开的点点星花为我打开每一扇心灵之窗；定不会在干硬的大地上投下我孤单飞翔的身影，会有来自芳草

阳光下一种沉醉的呢喃，填满我画布中干裂空缺的谷地。

我始终坚信，那里是我一生的梦想。

从此，我开始了只有方向，没有目标的飞行。

倾听内心的声音

有一个年轻人拿不定主意是否要接受纽约的一个职位。接受这个职位意味着他要放弃现在的工作和已经取得的成就，他为此感到苦恼。于是有一天，他就去请教一位长者。他很崇拜这位长者的智慧，希望长者告诉他究竟该何去何从。

他来到长者面前，跟长者诉说了自己所面临的难题，请求长者告诉他解决的办法。长者对他说："你一个人乘火车去纽约，不要带任何的读物，也不要带纸和笔。订一个单人包间，然后让服务员把一日三餐都送到你的房间来。在这一天中，独自一个人待着，不要跟任何人交谈。这就是我的建议。"

年轻人感到很困惑，不过他还是相信长者的智慧，决定去尝试一下。但是他很快就后悔听了长者的建议。从他住的地方到纽约要坐三天的火车。一天之后，他已经看厌了车窗外面的风景，他觉得无聊和孤单。强烈的孤独感侵蚀着他。但是过了第二天，他开始思考。等火车到达纽约的时候，他已经想得很清楚了，决定接受这个职位。他这样做了，而且后来非常成功。

后来他去感谢这位长者，问起当初长者建议他独自坐火车去纽约的初衷。长者说："这样你就有很长的一段时间，停下所有的事务，静静地思考和倾听你内心的声音。其实答案一直都在你的心里。我只是想让你自己去找到它。"

感 悟
gonwu

停留在孤独中，花足够长的时间来照顾自己，倾听我们内心的声音，我们每个人都会知道什么是对自己最有利的。

111

第5章
嫉妒是扎在心灵上的一根刺

嫉妒如一根刺深深地刺在人的心中。嫉妒如一把火，烧得人坐立难安。

每个人都会嫉妒。你会嫉妒，我也会嫉妒。嫉妒源于比较，将自身的弱点与他人的强处相比较，以自己所没有的比较他人所得到的。适度的比较可以促人奋进，而过分的比较则像一味毒药，它使美好变成丑陋，使人心失去平和，使朋友变成仇人。

其实世间永远没有最好的，你再好，也总会有一个人比你更好。所以每个人的处境都是一样的，不必比较。群星虽然不如月亮皎洁明亮，也有自己的闪烁和晶莹。各有好处，各有缺陷，有时不一样要比一样好。

· 父子之间 ·

这是关于两个孩子和两位父亲的真实故事。

第一个孩子是班里的优等生，可每次考试总会有几个同学的成绩排在他之前，这个孩子从未拿过头名，他很沮丧。

"爸爸，为什么我的学习成绩总也超不过前面那几个同学呢？其实我真的很嫉妒，您说我该怎么办呢？"孩子一脸愁云地向父亲讨教。

父亲没有回答，而是拿来一张白纸，在上边画了一条长长的直线，说："你有办法让这条长线变短吗？试试看！"孩子绞尽脑汁，想了许多让长线变短的办法，结果都无济于事。父亲依然没有说话，只是拿起笔，在那条长线下面又画了一条更长的直线……

"哦，爸爸，我懂了！要超过别人，最好的办法就是努力使自己做得比别人更出色。"孩子恍然大悟。

第二个孩子是班级里的小队长，他总想着怎样尽快坐上中队长的位子，却每每事与愿违，他很忧郁。

"爸爸，我真的很想快些进步，我真的想当中队长。可我做得却总比现任中队长差一些，我真的有些嫉妒他，您说我怎样做才能超过他呢？"孩子忧心忡忡地向父亲请教。

父亲没有回答，而是兴致勃勃地和孩子下起跳棋来。其实，孩子的跳棋下得绝不比父亲差，可到最后还是在父亲面前败下阵来。父亲望着孩子大惑不解的样子解释说："这里有个诀窍，要在下棋中获胜，只想着给自己在前进中搭桥还不行，还必须善于在关键时刻拆别人的桥，让他举步维艰……"

"哦，爸爸，我懂了，要超过别人最有效的办法不在于如

感悟 gǎnwù

父亲对孩子嫉妒心理的不同教导方式，影响了孩子日后为人处世的方式。孰优孰劣，各自收获的"人生之果"是最好的见证。通过良性引导，"长线"理论教育，嫉妒便可成为人生进步的动力。

何为自己搭桥尽快地前行，最要紧的是善于阻止别人超过自己。"孩子茅塞顿开。

多年后，两个孩子都已长大成人，走上了各自不同的工作岗位，也收获了不同的人生之果。第一个孩子以父亲的"长线"理论指导自己，以争强好胜的进取精神迈好前行的每一步。第二个孩子则以父亲的"拆桥"理论做航标，不思进取，不求作为，而是埋槛设绊算计别人，结果不仅没有功成名就，而且根本没有哪个单位愿意接纳这种小人。

山羊与驴

从前，有个人同时饲养着一只山羊和一头驴子。因为驴子每天总是不停歇地干活，难得休息的时候，所以主人总是给驴子准备充足的饲料。而山羊并不干活，所以主人总是让山羊自己到外面寻找青草吃，对山羊的照顾不如对驴子那么精心。

嫉妒心很重的山羊便对驴子说，你一会儿要推磨，一会儿又要驮沉重的货物，十分辛苦，主人也并不给你放假，你不如装病，摔倒在地上，这样便可以得到休息。驴子于是听从了山羊的劝告。有一天，在驮货物的时候，假装体力不支，倒在地上，摔得遍体鳞伤。

主人见状，立刻请来医生，为驴子治疗。医生说要将山羊的心肺熬汤作为药给驴子喝，才可以治好。于是，主人马上杀掉山羊去为驴子治病。

做一个大度的人

18 世纪的法国科学家普鲁斯特和贝索勒是一对论敌，他们对定比定律的争论长达 9 年之久，各执一词，互不相

感悟
gǎnwù

我们中国有句古话"大肚能容天下难容之事"。这句话当然是比喻，大肚，说的其实是风度。一个人能把天下所有的伤害、嫉妒、赞美、苦难都化为平淡，那么这个人的风度无疑能让所有人敬佩。能做到这个境界的人，就是一个大度的人。一个大度的人，会比所有人都快乐。

让。最后的结果以普鲁斯特胜利而告终，普鲁斯特成为定比这一科学定律的发现者。普鲁斯特并未因此而得意忘形，据天功为己有。他真诚地对曾激烈反对过他的论敌贝索勒说："要不是你一次次地质难，我是很难深入地研究下去这个定比定律的。"

同时，他特别向公众宣告，发现定比定律，贝索勒有一半的功劳。

这就是大度。允许别人的反对，不计较别人的态度，充分看待别人的长处，并吸收其营养。这种大度让人感动。

曾经阅读冯骥才的《大度读人》，他说："读人时，要学会宽容，要学会大度，由此才能读到一些有益于自己的东西，才能读出高尚，才能读出欢乐，才能读出幸福。"是的，读人应该大度，为人也应该大度。春秋战国时的蔺相如，当了赵国的上卿，大将廉颇不服，每每要想法羞辱他。而蔺相如为了顾全赵国的大局，总是忍让和回避，结果感动了廉颇，亲自负荆到蔺相如家中请罪，从此将相和好，共辅赵国，以御强秦。正是蔺相如的宽宏大度，才赢得了廉颇的信任与尊敬。

法国文豪卢梭，11岁时爱上了刚好比他大11岁的德·菲尔松小姐，深深地被她身上特有的那种成熟女孩的清纯和靓丽所吸引，而德·菲尔松似乎也喜欢卢梭。于是，两人轰轰烈烈地相恋了。

但不久卢梭就发现，德·菲尔松所做的一切，只是为了激起她所暗恋的另一个男人的醋意，用她自己的话说，"只不过是为了遮掩一些其他的勾当"。卢梭那颗早熟而敏感的心受到了巨大伤害，他发誓再也不见这个玩弄别人感情的女人。

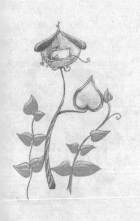

20 年后，已经大名鼎鼎的卢梭荣归故里，在波光粼粼的湖面上，他看到了坐在另一条船上的德·菲尔松。她衣着简单，面容憔悴，神情黯淡，完全没有了往日的风采。如果换成一个鼠肚鸡肠的人，他一定会凑过去和她重提旧事，让她后悔，让她无地自容，这是多好的报复机会啊。即使仅仅过去打个招呼，对极要面子的德·菲尔松也是一种很好的示威。但卢梭悄悄把船划开了，他觉得和一个四十多岁的女人算陈年旧账毫无意义。

卢梭是一个快乐的人，他因为宽容而轻松，因为轻松而快乐。宽容大度是一只灵巧的手，它能够解开伤害这个死结。

俗话说"量小失众友，度大集群朋"，为人只有胸襟宽阔，才能赢得友谊，增进团结。也只有度量恢宏的人，才能解人之难，谅人之短，补己之过，从而产生很大的感召力，使人乐于亲近。而胸襟狭窄者则嫉人之才，妒人之能，讥人之短，从而在他的周围产生一种无形的排斥力，使人对他敬而远之。

一个大度的人，才会善于发现别人的优点；一个大度的人，面对别人的优点会赞美而不会忌妒；一个大度的人，才能把别人的快乐当做自己的快乐。

做一个大度的人吧，凡事"得宽怀处且宽怀"。

庞涓和孙膑

战国时候，庞涓和孙膑一同拜师于鬼谷子门下，又结为兄弟，一起学习兵法。公元前 445 年魏惠王即位以后，积极向外扩张，大量招收天下豪杰。于是二人都去魏国为官。庞涓做了心怀嫉妒之人，毁了与别人的友谊，也会暴露自己的面目，久而久之，朋友都会远离他，造成他的自我孤立。同时，一旦嫉妒开始，便难以停止，会使人越来越卑劣和堕落，最终落得难以收拾的下场。

大将，而孙膑是客卿。

孙膑为人光明磊落，且足智多谋，而庞涓生性骄妒，阴险毒辣。他暗想："孙子之才，大胜于吾，若不除之，异日必为欺压。"于是进谗言，背后在魏惠王面前诬陷孙膑私通齐国。于是魏惠王给孙膑定了罪，在孙膑的脸上刺了字，还剜掉了他的两块膝盖骨，使孙膑终生残废，并且企图骗孙膑写出兵书后，再害其性命。

后来，孙膑得知真相，诈装疯癫，被救入齐，与齐威王谈论兵法，齐王非常赏识，封他为齐国军师。从此，孙膑与庞涓从同窗成了敌人。公元前341年，魏国派兵攻打韩国，田忌、孙膑奉国王令带兵救韩国。孙膑出策不去救韩，直接攻击魏国都城，再不战自退，减少炉灶，麻痹敌人。第三天部队退至马陵道，封住去路。庞涓部队到达后，见道旁一棵大树被刮去了皮，上面写着几个大字：庞涓死于此树下。庞涓大吃一惊，连忙吩咐将士撤退，已经晚了，四周箭如飞蝗冲魏军射来。一时间，马陵道两旁杀声震天，到处是齐国的兵士。原来这是孙膑设下的计策，他故意天天减少炉灶的数目，引诱庞涓追上来。庞涓自知败局已定，拔出宝剑，对天长叹一声说："这一仗又帮助孙膑这小子成名了！"说毕，自刎而死。齐国在马陵之战中大获全胜，迅速成为数一数二的强大国家，孙膑的名气也传遍了各诸侯国。

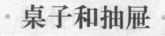

桌子和抽屉

桌子常常嫉妒抽屉，因为主人喜欢把贵重的东西塞进抽屉。

一天，桌子对抽屉说："你这缩头缩尾的小丑，把好事都

占去了。”

“哦，老大，”抽屉说，“你我本是一体，我的好事就是你的好事啊。”

桌子不耐烦了，说：“狡辩，我这就打发你滚蛋。”说着，它拎起抽屉的耳朵将它扔到了窗外。

第二天，丢失东西的主人气坏了，他立刻把残缺不全的桌子送进了柴房。

感悟 ganwu

不搞清楚情况，就没来由地妒忌自己的朋友，会酿成大错。清醒的头脑和对朋友的信任在这里是预防嫉妒的良药。

两只老鹰

有两只老鹰同住在一个峭壁上面，经常一起外出觅食。然而其中一只总是飞得比另一只高，比另一只好。那只飞得较差的老鹰很不服气，常在心中说：“哼！能飞得高有什么了不起？气死我了！”

这天，两只鹰又外出觅食了。那只飞得较好的老鹰又再度自由地翱翔于天际，那只飞得较差的老鹰看得又气又嫉妒，干脆停在一块石头上，不飞了。

突然间，猎人出现了。

他悄悄地走到那只飞得较差的老鹰身边，在它耳边轻轻地说：“上头那家伙很讨厌吧！咱们用箭把它射下来，如何？”

那只飞得较差的老鹰听了先是一愣，没有回答。后来猎人真拿出一副弓箭，说：“你借我三根羽毛当做箭尾，我来射它！”

那只飞得较差的老鹰忍不住了，拔下三根羽毛递给了猎人，猎人向天际漫不经心地“咻”一声射了出去，这样自然没射中目标。于是猎人又对那只飞得较差的老鹰说：“你再给我三根吧，我再射一次！”

此时这只老鹰的心早已被嫉恨占满了，失去了理智，它毫

感悟 ganwu

古人说，“不遭人嫉是庸才。”仿佛稍有才华、成就的人都会有被人嫉妒的命运，但嫉妒会在不知不觉中剥夺我们的理智、快乐……千万不要让嫉妒一点一滴地剥夺了你的理智，影响了你的举止，甚至在不知不觉间俘虏了你的生命。

不考虑地又拔了三根羽毛给他，"咻咻咻……"接连几十箭都没射中。

那只飞得较差的老鹰火大了，对猎人大吼："你搞什么?! 怎么射了这么多都没射中？"

这时猎人露出了真面目，伸手便要去抓它，它吓了一大跳，立刻挥动翅膀准备逃走，但这时却猛然发现它的羽毛已几乎被拔光，飞也飞不了了。

于是，这只可怜的老鹰就这么成了猎人的俘虏。

愿望 ——站在嫉妒的另一面

有一个女人和自己的好朋友在打高尔夫球的时候，不小心把球打到了附近的树林里，她便进树林里去找。找到球的时候，她看到了一只掉到一个陷阱里的青蛙，青蛙在洞里蹦来蹦去，却怎么也蹦不出来。

青蛙看到了女人，便对女人说："你好，如果你把我救出来，我可以满足你三个愿望。"

于是女人把青蛙从陷阱里救了出来。

青蛙说："对不起，刚才太匆忙，忘了告诉你，你可以随意许三个愿望，但实现你每个愿望的同时，必须有个附加条件，就是同时你的好朋友可以得到你的愿望的十倍。"

女人想了想，答应了。

青蛙说："你想清楚以后，就可以许愿了。"

女人："我的第一个愿望是，我变为一个非常美丽的女人。"

青蛙："出于我对你的感激，我再次提醒你，这样的结果是你的女友也将变成非常漂亮的女人，并且会比你的魅力还大十倍，会有不计其数的男孩子喜欢她，你必须考虑清楚。"

女人："我已经非常美丽，会有很多男孩子喜欢我的。"

于是，女人变得非常美丽。

青蛙："请你说第二个愿望。"

女人："请让我在银行有 1 亿美元的存款。"

青蛙："我再次提醒你，你的女友同时可以得到 10 亿美元的存款，她会比你更有钱……"

女人："1 亿美元的存款已经使我很有钱了。"

青蛙："好吧，你的第二个愿望也实现了，请说第三个。"

女人："……请让我得一下轻微的心脏病。"

青蛙："……"

·巴尔扎克的故事·

《红与黑》的作者司汤达，1838 年写成了另一部名著《巴尔玛修道院》。他宣称，这部小说要到 1880 年以后才会被人理解。不料，法国作家巴尔扎克在《立宪报》上读到司汤达的这部小说中描写滑铁卢战役的一章后，在一封信中写道："我简直起了嫉妒的心思。是的，我禁不住自己一阵醋意涌上心头，我为《军人生活》（巴尔扎克的作品）梦想的战争，如今人家写得这样高妙、真实，我是又喜又痛苦，又迷又绝望。"

不过，巴尔扎克很快从嫉妒中净化。第二年，他写了《司汤达研究》一书，对《巴尔玛修道院》大加赞赏，并以此作为自己写作的动力。

·楚人自愧·

魏国的大夫宋就被派到一个小县去担任县令，这个县正好位于魏国与楚国的交界处，这个地方盛产西瓜。虽然同处一

再有才华的人也会遇到比自己高明的人，所谓"人外有人，天外有天"。如何调整自己的心态便决定了这个人今后的成就。只要你善意地对待他人，嫉妒也可以化为竞争和前进的动力。

地，可是两国村民种西瓜的方式和态度却大不一样。

魏国这边的村民种瓜十分勤快，他们经常挑水浇瓜，所以西瓜长得快，而且又甜又香。楚国这边的村民种瓜十分懒惰，又很少给西瓜浇水，所以他们的瓜长得又慢又不好。楚国这边的县令看到魏国的西瓜长得那么好，便责怪自己的村民没有把瓜种好。而楚国的那些村民却没有从自己身上找原因，只是一味怨恨魏国的村民，嫉妒他们为什么要把瓜种得那么大那么香甜。于是，楚国这边的村民就想方设法去破坏魏国村民的劳动成果。每天晚上，楚国村民轮流摸到魏国的瓜田，踩他们的瓜，扯他们的藤，这样，魏国村民种的瓜每天都有一些枯死掉了。

魏国村民发现这个情况后，十分气愤，他们也打算夜间派人偷偷过去破坏楚国的瓜田。一位年纪大的村民劝阻住了大家，说："我们还是把这件事报告给县令，向他请示该怎么办吧！"

大家来到宋就的县衙，向宋就诉说了这件事。宋就耐心地劝导本国的村民说："为什么要这么心胸狭窄呢？楚国的人这样做，当然是不对的，可是我们明明不愿他们扯我们的瓜秧，又为什么反过去扯断他们的瓜秧呢？如果你来我往没完没了地这般闹下去，只会结怨越来越深，最后把事态闹大，引起祸患。我看最好的办法是，你们不计较他们的无理行为，每天都派人去替他们的西瓜浇水，最好是在夜间悄悄进行，不声不响地，不要让他们知道。"

魏国村民依照宋就的话去做了。于是，从这以后，西边楚国的瓜一天天长势好起来。楚国村民发现，自己的瓜田像是每天都有人浇过水，感到很奇怪，互相一问，谁也不知道是怎么回事。于是他们开始暗中观察，终于发现为他们的西瓜浇水的正是魏国的村民，楚国的村民大受感动。

很快，这件事情被楚国县令知道了，他既感激、高兴，又自愧不如魏国县令。他把这些情况写下来报告给了楚王，楚王也同样很受感动，同时也深感惭愧和不安。

后来，楚王备了重金派人送给魏王，希望与魏国和好，魏王欣然同意了。楚王在世时，一称赞人，就举此事作为例子。魏楚交好，从宋就开始。边境的两国村民也亲如一家，两边种的西瓜同样都又大又甜。

屠格涅夫与列夫·托尔斯泰

1952年秋天，屠格涅夫在斯帕斯科耶打猎时，无意中在松林中捡到一本皱巴巴的《现代人》杂志。他随手翻了几页，竟被一篇题名为"童年"的小说所吸引，作者是一个初出茅庐的无名之辈，但屠格涅夫却十分欣赏，钟爱有加。他四处打听作者的住处，最后得知作者两岁丧母，七岁失父，是由姑母一手抚养照顾长大的，屠格涅夫更是给予了极大的同情和关注。

这位作者的姑母很快就写信告诉自己的侄儿："你的第一篇小说在瓦列里扬引起了很大轰动，大名鼎鼎的作家屠格涅夫逢人就称赞你。他说：'这位年轻人如果能继续写下去，他的前途一定不可限量！'"作者收到姑母的信后，惊喜若狂，他本是因为生活的苦闷而信笔涂鸦打发心中寂寥，并无当作家的妄念。由于屠格涅夫的欣赏，竟一下子点燃了心中的火焰，找回了自信和人生的价值，于是一发不可收地写了下去，并最终成为具有世界声誉的艺术家和思想家。这位受到屠格涅夫无私提携的作者就是写出了《战争与和平》《安娜·卡列尼娜》和《复活》的列夫·托尔斯泰。

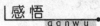

感悟 ganwu

如果能够像屠格涅夫那样做到心胸宽广地欣赏他人，把别人的成就看做是对社会的贡献，而不是对自己的剥夺或威胁，将别人的成功当做一道风景来欣赏，那么世界上就会少很多因嫉妒而受到迫害的悲剧了。

不受欢迎的"礼物"

对他人的嫉妒，乃至当面、背后的诽谤之词，正像一件不受欢迎的礼物，送不到对方手中，反而都积在自己心里，成为自由心灵沉重的包袱。

从前有一个僧人品行高尚，为人公正，非常受众人景仰。有一个人由此对他产生嫉妒之心，并心怀不平而当面对他出言不逊，甚至破口大骂。但是，不管他的态度如何恶劣，言语如何不可理喻，僧人却始终保持沉默，冷静以对。

在他骂累骂够了以后，僧人才开口对他说道："如果有人赠礼给他人，对方并不接受的话，请问这个礼物属于谁？"这个人没有想到会有这么一问，不假思索就答道："当然属于送礼的人。"僧人继续问道："好，现在你对我出言不逊，如果我不接受这些辱骂之词，请问它将属于谁？"这个人一时语塞，默然不语，继而悔悟自己的过错，并为自己的无礼向僧人道歉，并发誓不再嫉妒、诽谤他人。

宰相和理发师

古代印度有个国王，非常信任他的宰相，什么事情都交给他去办。宰相是一个十分聪明、善良的人，将国家的事务管理得井井有条，百姓安享太平。国王有个理发师，由于嫉妒宰相得到国王的宠信，常在国王面前搬弄是非。

一天，理发师对国王说："大王，请你给我几天假和一些钱，我要去天堂看望我父母。"国王甚为惊奇，便同意了他的要求，并让理发师代他向自己的父母，也就是以前的国王、王后问好。理发师选好了日子，举行了仪式，跳进了恒河，然后又偷偷爬上了对岸。又过了些日子，他趁很多人在河里洗澡的时候，探出头来，说自己刚从天堂回来。国王听到消息后，召见了他，并问他父母的情况。理发师回答说，先王夫妇在天堂生活得很好，可再过三天，就要被赶下地狱了，因为他们丢了自己生前的行善簿，所以让他告诉国王派宰相亲自去详细汇报一下。并且他还向国王建议，为了很快到达天堂，应该让宰相走火路去。

国王马上召见了宰相，让他去一趟天堂。宰相听了这些话，便知道是理发师在捣鬼，但又不能拒绝国王的命令，他心想："我一定要想办法活下来，教训一下这个奸诈的理发师。"

第二天凌晨，宰相按照国王的吩咐，跳入一个火坑中。然后国王命令架上柴火，浇上油，然后点燃了。顷刻间火光冲天，百姓们都为失去了贤明的宰相而或愤然，或叹息。那个理发师以为宰相已死，心中暗自高兴。

事实上，宰相并没有死，原来他早就派人在火坑下挖了通道，他顺着通道安然无恙地回到了家中。

过了大约一个月，宰相穿着一身新衣，留着一脸胡子和长发，从那个火坑中走了出来，径直走向王宫。国王听说宰相回来了，急忙出来迎接。宰相对国王行完礼后，说道："大王，你吩咐的事情我已经做到了，先王夫妇现在已经没有别的灾难，只有一件事让先王不安，就是他的胡须已经拖到脚背了，先王叫你派上次那个理发师过去，他上次没有跟先王告别，就私自逃了回来，先王很不高兴。还有，恒河这条水路现在不能通到天堂了。"

第二天，国王让理发师躺在市中心的高台上，周围架起干柴，然后命人准备点上火。顿时，理发师吓得面无人色，浑身战栗。他向国王坦白了自己并没有去过天堂，以前说的只是因为嫉妒而陷害宰相的阴谋。国王听后大怒，下令立即烧死理发师。这时，宰相站了出来，为理发师求情道："大王，理发师已经得到了自己应有的惩罚，而且认识到了错误，饶他一条命吧。"国王听从了宰相的建议，但从此将理发师赶出了宫廷。

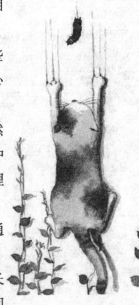

感悟
ganwu

理发师败在了宰相的智慧之下，更败在了宰相善良、宽容的心胸之下。心中容不下别人的，在于把自己看得过高过重，丧失理智的嫉妒之火，最终会使自己的心走向毁灭。

赫耳墨斯和樵夫

有位樵夫在河边砍柴，一不小心把斧头掉到了河里。河水很深，凭樵夫的水性，根本无法将斧头打捞上来。眼看着失去了谋生的工具，樵夫不禁号啕大哭起来。

这时，上帝的使者赫耳墨斯刚好经过，就停下脚步想问个究竟。樵夫把自己的不幸告诉了赫耳墨斯，听完之后，赫耳墨斯就跳到河里，帮樵夫打捞斧头。过了片刻，赫耳墨斯冒出水面，举着一把金斧头问："是这把吗?"樵夫老老实实地答道："不是。"于是赫耳墨斯再次下水，一会儿工夫又捞上一把银斧头来，可樵夫仍旧诚实地说："这把也不是我的。"赫耳墨斯第三次下水，终于捞上了樵夫原来的那把斧头。樵夫一看，立刻露出了失而复得的笑容，高兴地说："这就是我的斧头。"赫耳墨斯为樵夫的诚实而感动，不但把原来的斧头还给了他，还把金斧头和银斧头都送给了他。

樵夫回到家里，把这件事情讲给了他的邻居听。邻居眼红樵夫的经历，嫉妒他得到了这么多财宝，就也想去试一试。他来到河边，故意把斧头扔到了水里，然后坐在岸边假装痛哭。

正如他想的那样，赫耳墨斯出现了。问明了他伤心的缘故后，赫耳墨斯就跳到河里，捞出来一把金斧头，这个贪心的邻居赶忙握住它说："千真万确，这就是我的那把斧头。"赫耳墨斯对他这种不诚实的态度非常反感，不仅收回了金斧头，连他扔到水里的那把斧头也没有帮他打捞上来。

感悟 ganwu

欲望太多，贪念过盛的人常常会嫉妒生活上、名誉上优于自己的人。什么时候，我们都只能通过一颗诚实的心去争取应该属于我们的东西。

曹操妒才

曹操手下有一个谋士叫杨修，特别聪明，又喜欢展露才学，多次引起曹操的不快。

有一次，曹操让工匠们盖一个花园，盖好之后，曹操来视察，在大门上写了一个"活"字，随后扬长而去。工匠们不知道什么意思，杨修告诉他们，丞相的意思是觉得门太"阔"了，于是工匠们又把门改小了。这次曹操比较满意，但听说是杨修的主意，心里很不是滋味。

还有一次，有人送给曹操一盒酥，曹操在盒盖上写了"一合酥"，就把东西放在桌子上出去了。杨修看到后，竟然把酥分给众人吃了。曹操知道后很生气，质问杨修。聪明的杨修说："丞相不是在盒盖上写着'一人一口酥'吗?"曹操听了无话可说，但却更加嫉恨杨修了。

后来，曹操攻打刘备，受到抵抗，久攻不下，心里很难过。厨师给他端来一碗鸡汤，他看见其中有一块鸡肋，正好这时部下来询问当天的口令，他就顺口答出"鸡肋，鸡肋"。消息传到杨修耳朵里，他就对人说，鸡肋这个东西吃起来没多少肉，扔掉了又很可惜，丞相看来快要退兵了。本来将士们也不想这样无休止地打下去，杨修这样一说，他们都高兴地准备回家。曹操听说后，认为杨修动摇军心，就把他给杀了。不久之后，曹操果然兵败了。

感悟 ganwu

嫉妒是心灵上的肿瘤，嫉妒就像锈腐蚀铁那样腐蚀着嫉妒者。曹操如果能够重用杨修，与他一起探讨国事，而不是嫉妒他的才能，或许就不会兵败了。

· 圣诞怪杰 ·

2000年圣诞节期间上映的美国卡通电影《圣诞怪杰》讲述了一个在欧美家喻户晓的童话故事。

北极圈的一角，不只是圣诞老人的故乡，也是"圣诞怪杰"格林奇的家。格林奇与他的狗玛科斯相依为命，平常不太爱出洞。有一天，小镇传来喜气洋洋的节日气氛，原来圣诞节即将来临，镇上的居民开始购置礼物和装饰品，准备过节了。大家兴高采烈之际，格林奇却感到寂寞孤苦，他对人类的快乐产生了嫉妒之情。于是他想出了一条计策，决定假扮圣诞老人，在圣诞前夕潜入到镇上，偷取各家预备的礼物和装饰品，以便让镇上的人无法欢度圣诞。格林奇使出浑身解数，飞檐走壁，又潜入地下，终于偷走了镇上人们的礼物和装饰品。

格林奇以为偷去所有圣诞礼物，便能破坏圣诞气氛，但是人们并没因此而受影响，村民欢乐的歌声仍然从远处传来，圣诞节并没有因为缺少礼物或圣诞树而停止。最终格林奇受到了一个纯真小女孩的感悟，明白了圣诞的欢乐气氛并不是由这些礼物和装饰品营造出来的，而是出于人与人之间的相互沟通，出于把自己的心交给朋友。没有这些东西圣诞节照样存在。圣诞就是亲情、友情交织而成的一张温馨的网。

感 悟
ganwu

嫉妒别人的快乐，破坏别人的幸福，给别人带来痛苦，并不能够为自己带来快乐和幸福。真正的快乐只能来自宽容、自由的心灵。

· 乱爬的螃蟹 ·

白兔、乌龟、青蛙、螃蟹、蚂蚁等一群小动物，站在一起，准备出发游玩。它们的目的地是前面那座美丽的花园。大嗓门青蛙高喊一声："走！"大伙立即行动起来。青蛙边跳边喊："加油！"白兔笑嘻嘻地冲在前头，乌龟使劲爬动，蚂蚁拼命追赶……

"喂,你们全疯了吗,往哪儿蹿呀?"后面隐隐传来了叫声。

大伙儿一惊,扭转身向后一瞧,只见螃蟹一边咋呼,一边横着往另一个方向爬。

"螃蟹大哥,方向错啦!"青蛙大声喊道,"快向我们靠拢!"

"去你的,"螃蟹瞪着眼骂道,"你们都瞎了眼了,只有向我靠拢才对。"

无论大伙儿怎样呼唤,螃蟹只当没听见,还是横着朝它的那个方向急急爬去。大伙儿叹了口气,只好各赶各的路。

螃蟹喷着白泡沫,独自嘟囔道:"我两眼始终正面盯着那座花园,绝对没错儿。它们不听我的,疏远我,冷落我,准是出于嫉妒。这不是明摆着的吗,它们的手脚哪个有我多?……"

可是,它的手脚越多,爬得越起劲,离目的地也就越远了。

夫妻妒影

有一对夫妇,他们的心胸很狭窄,总爱为一点小事争吵不休。有一天,妻子做了几样好菜,想到如果再来点酒助兴就更好了。于是她就拿着瓢到酒缸里去取酒。

妻子探头朝缸里一看,瞧见了酒中倒映着的自己的影子。她也没细看,一见缸中有个女人,便以为是丈夫对自己不忠,偷着把女人带回家来藏在缸里,嫉妒和愤怒一下子冲昏了她的头脑,她连想都没想就大声喊起来:"喂,你这个混蛋死鬼,竟然敢瞒着我偷偷把别人的女人藏在缸里面。你快过来看看,看你还有什么话说!"

丈夫听了糊里糊涂的,不知道发生了什么事情,赶紧跑过

感悟
gǎnwù

看不清楚环境和自己的状况,盲目地以为别人嫉妒自己,盲目地嫉妒别人,这种心理,只能使自己失去方向,陷入危险的境地。

感悟
gǎnwù

正如莎士比亚所说,嫉妒是一个绿眼的妖魔,谁做了它的牺牲品,就要受到它的玩弄。那么,请认真地想一想,那些美慕、甚至嫉妒别人的人,是不是也只是捕风捉影,并没有了解真实的情况呢?

来往缸里瞧，看见的是自己的影子。他一见是个男人，也不由分说地骂起来："你这个坏婆娘，明明是你领了别的男人回家，暗地里把他藏在酒缸里面，反而诬陷我，你到底安的是什么心眼！"

"好哇，你还有理了！"妻子又探头往缸里看，见还是先前的那个女人，以为是丈夫故意戏弄她，不由勃然大怒，指着丈夫说："你以为我是什么人，是任凭你哄骗的吗？你，你太对不起我了……"妻子越骂越气，举起手中的水瓢就向丈夫扔过去。

丈夫侧身一闪躲开了，见妻子不仅无理取闹还打自己，也不甘示弱，于是还了妻子一个耳光。这下可不得了，两人打成一团，又扯又咬，简直闹得不可开交。

最后闹到了官府，官老爷听完夫妻二人的话，心里顿时明白了大半，就吩咐手下把缸打破。一个侍卫抡起大锤，一锤下去，酒从被砸破的大洞里汩汩流了出来。不一会儿，酒流光了，缸里也就没有人影了。

夫妻二人这才明白他们嫉妒的只不过是自己的影子而已，心中很是羞惭，于是就互相道歉，又和好如初了。

船 与 帆

船真挚地对帆说："老弟，你知道我最崇拜你什么？"

帆笑笑说："我有什么值得崇拜的？"

船听后，俯首而笑道："我最崇拜你身负重担，从不怕妒忌者说你出风头啊！"

帆沉默了一下，笑着回答道："想出风头的，不一定肯负重哟！"

嫉妒蜜蜂的蚂蚁

人们喜欢蜜蜂，赞美蜜蜂的辛勤劳动。画家画了不少采蜜图，诗人写了不少赞蜂诗，甚至刚学会说话的孩子也唱着："我们的生活比蜜甜……"

一只蚂蚁却很嫉妒蜜蜂，它的心里搁着个疑团。它总是想，蜜蜂一早出工，我们也一早出工；蜜蜂天黑回窝，我们也天黑回窝。我们干的活不比蜜蜂少，也不比蜜蜂慢，可人们只夸奖蜜蜂，不称赞我们，这不是太偏心了吗？蚂蚁想来想去都想不通。

有一天，这只蚂蚁爬到花枝上觅食，看见了一只小蜜蜂"嗡嗡"地飞来采蜜，就抬起头气呼呼地说："喂，蜂儿，我问你一个问题。"

"啥问题？你说吧！"小蜜蜂回答说。

"你说我们蚂蚁勤劳不勤劳？"蚂蚁问道。

"你们和我们一样勤劳呀！"小蜜蜂回答道。

"那为什么人们只夸你们，不称赞我们呢？"蚂蚁愤愤不平地问道。

小蜜蜂想了一会儿，笑着说："这个问题不难回答，因为你们的勤劳是为了自己，我们的勤劳是为了人们。"

蚂蚁听了，心服口服，再也不嫉妒蜜蜂了。

蜜蜂的勤劳是对他人的贡献，蚂蚁的勤劳是为了自己的生活。人们称赞蜜蜂，不仅是因为它们的勤劳，更因为它们具有奉献精神，而这是蚂蚁所不具备的，明白了这一点，蚂蚁的心里就平衡了。

· 猎人和狍子 ·

一群猎人，发现了一只狍子的脚印。他们循着脚印寻找，发现狍子爬到一棵树上去了。狍子看见猎人，吓得紧紧地抱住了树。猎人们发一声喊，在树底下拉了一张网，只等狍子掉下来，网住它。但狍子见下边这么多人，死死地抱住树不放。

于是有人说用枪打，但大家都反对，因为狍子的皮毛一旦被毁，就不值钱了。接下来人们抱着树摇，希望把它摇下来。可是三五个壮汉也奈何它不得。在这生死攸关的当儿，人类如果有十分力气，狍子就有一百分力气。狍子不下来，猎人也不敢爬上去。于是，双方就对峙起来。

过了一会儿，有一个猎人忽然对大家说，让我说几句狍语试试。他走上前去，对树上的狍子说了几句狍语。没想到，那狍子竟哀哀地狂叫了一声，四肢再也无力抱树，一下子从树上落了下来，掉进网中。

得胜后的猎人们向那猎人询问，他对狍子说了什么，能让它自己掉下来。那猎人说，他说的狍语，让它心痛无比，让它头昏脑晕，让它四肢无力，让它呼吸困难，让它头脑中没了理智。什么语言这样厉害？其他猎人都很好奇。那人道，他只是对狍子说，它还在这干什么？它最看不起的那个杂毛狍子，今天在城里只买了 3 张奖券，就中了头奖，得了 50 多万元钱呢。

乌鸦的故事

从前，许多鸟儿快乐地生活在森林里，大家相处融洽，平静快乐。

突然有一天，啄木鸟从很远的地方飞了回来，并给大家带来了一个消息。它说，上帝要选出最美丽的鸟为禽类之王，希望大家都好好修饰自己，等候上帝的筛选。

乌鸦听到这个消息后，觉得自己的长相难看，中选的可能性不大，但是它又不甘落于其他鸟的后面。想来想去，终于，它想出了一个主意。于是，它跟在孔雀后面整整好几天，捡了很多孔雀身上脱落的羽毛。回到住处后，又一根根小心翼翼地粘在自己身上。

就这样，乌鸦把孔雀的毛披在身上，到上帝那儿应选，结果真被选中了。其他鸟大怒，把它插在身上的羽毛都扯了下来，这样便显出了乌鸦的本相。可乌鸦觉得很不公平，它提议大家都把自己天生的羽毛拔下来，光着身子看看互相有什么区别。

贪心的蜈蚣

据说上帝在创造蜈蚣时，并没有为它造脚，但是它仍可以爬得和蛇一样快。有一天，它看到羚羊、梅花鹿和其他有脚的动物都跑得比它还快，心里很不高兴，便嫉妒地说："哼，脚愈多，当然跑得愈快。"

于是，它向上帝祷告说："上帝啊，我希望拥有比其他动物更多的脚。"上帝答应了蜈蚣的请求。他把好多好多脚放在蜈蚣面前，任凭它自由取用。蜈蚣迫不及待地拿起这些脚，一只一只地往身体上贴去，从头一直贴到尾，直到再也没有地方

可贴了,它才依依不舍地停止。它心满意足地看着满身是脚的自己,心中暗暗窃喜:"现在我可以像箭一样地飞出去了。"

但是,等它一开始要跑步时,才发觉自己完全无法控制这些脚。这些脚噼里啪啦地各走各的,它必须全神贯注,才能使一大堆脚不致互相缠绊而顺利地往前走。这样一来,它反而走得比以前更慢了。

背后放冷箭

你比我好,我嫉妒。为了赶上或超过你,我会不择手段,不计后果,《东周列国志》中有这样一个故事。春秋战国之际,郑国公子筏子都自恃勇武无敌,非常骄横,不把任何人放在眼中。结果,他却在一次校场比试中败给颍考叔,没有当上先锋官,为此,他便暗中嫉妒颍考叔。在攻打敌国城池时,颍考叔身先士卒,冲锋在前,在跃上敌国城墙的一瞬间,筏子都怕颍考叔夺得头功,再次抢去自己的风头,嫉妒之心再也按捺不住,从背后放冷箭将颍考叔射死。

乔丹的故事

美国NBA篮球巨星乔丹当年在公牛队的时候,是队里的头号明星人物,可以说是独领风骚,号召力和知名度无人能比。而皮彭是队里最有希望超越乔丹的新秀,但乔丹没有把队友当做自己危险的对手而嫉妒,反而处处加以鼓励。为了使公牛队能连续夺冠,乔丹意识到必须推倒"乔丹偶像"以证明公牛队不等于"乔丹队"。

一次,乔丹问皮彭:"咱俩三分球谁投得好?""你!"

筏子都这一箭,虽解了一时心头之恨,却给后世留下了妒贤嫉能的小人形象。处在嫉妒当中的人,表面看来气盛火旺,但内心却极为脆弱。嫉妒往往也是他们故意用来针对别人的武器,保护自己的防卫工具,就如刺猬之刺。

皮彭回答说。"不，是你！"乔丹十分肯定地纠正。乔丹随后说，自己投三分球的成功率是 28.6%，而皮彭是 26.4%，但乔丹的解释是："皮彭投三分球动作规范、自然，在这方面很有天赋，以后还会更好，而我投三分球还有很多弱点。"乔丹还告诉皮彭，自己扣篮多用右手，习惯用左手帮一下，而皮彭双手都行，用左手更好一些，而这一细节连皮彭自己都没有注意到。

正是乔丹这种发自心底的无私的帮助，树立了全队的信心并增强了凝聚力，赢得了一场又一场的胜利。1991 年 6 月的 NBA 决赛中，皮彭独得 33 分，超过乔丹 3 分，成为公牛队 17 场比赛后得分首次超过乔丹的球员，这是皮彭的胜利，也是乔丹的胜利，更是公牛队的胜利。

1998 年乔丹退役后，以他的成就，本可以躺在"功劳簿"上，继续谱写篮球史上的一个神话。但 2001 年，当他 38 岁的时候，他又一次复出了，38 岁对一个职业篮球选手已是"老龄"，这也许会破灭他在万千球迷心中"飞人"的形象，但他毅然选择了复出。除了他对篮球无比钟爱之外，更深层次的原因就是：他要亲手打破自己创造的"神话"，让乔丹不再是篮球场上不可逾越的高峰。乔丹的成功是站在前一代巨星约翰逊的肩上的，同样，乔丹也要让新秀站在他的肩上去创造更辉煌的神话，让人欣喜的是乔丹的苦心没有白费，奥尼尔、科比等一批巨星已冉冉升起。

这就是乔丹，尽管他复出后的战绩不尽如人意，但他的上场总能吸引最多的关注，因为他是永远的"飞人"。

感 悟
ganwu

嫉妒会使人疏远和迫害比自己强的人，而这样只会孤立自己，最终导致失败。要想取得人生和事业的成功，单靠个人力量是无法胜任的，善于处理良好的人际关系显得尤为重要，这就需要有乔丹一样开阔的心胸，消除可怕的嫉妒。

井里与天上

有的人在蜗牛角上打架，有的人携手在太空漫步。坐井观天的争斗只有一个结果，就是故步自封。当你转换一个视角再看问题时，你有可能发现一个全新的世界。所以，不要嫉妒你身边的人，把眼光放长远一些，心胸的开阔会给你带来一片广阔的蓝天。

这是一位留学美国的中国学生向朋友谈起的自己的经历。

由于小学成绩优秀，他不负众望，考上了县城的中学。但当他发现自己再也不能像在小学时那样稳拿第一的时候，暗暗地就产生了嫉妒心理：比自己学习好的同学原来都有那种六棱的好铅笔，自己却没有，这是多么不公平啊！经过几年的苦读，他重又成为县城中学的第一了。但他还是觉得：人与人之间是不平等的，为什么自己没有好钢笔呢？

中学毕业后，他考上了北京的某所大学，可好景不长，他的学习成绩连中等也保不住了。

看到城里的同学是好铅笔成堆，好钢笔成把，早上蛋糕牛奶，晚上香茶水果，想想自己，早上一个窝头还舍不得吃完，还要给晚上留一半。"合理"又从何谈起呢？……嫉妒之心总是伴随着这种永不停息的对比，心理的不平衡总是隐藏在外表的平和之下。

5年后，他留学到美国，亲眼看到了五光十色的西方世界，原来所有的嫉妒、自卑、怨恨却忽然一扫而光了。他突然明白了，看待事物的标准决定了心态，以前他看到的总是身边自己的同学、同事和邻居，总是在和他们进行比较，而到了美国，这些都在身后了，展现在他眼前的是整个世界。而任何一个人在整个世界面前，都是渺小的，微不足道的。如此一想，嫉妒之心便一下子消解了。

孔雀向上帝诉苦

孔雀因为大家都爱听黄鹂唱歌，而自己的歌声只会招致嘲笑而苦恼，进而开始嫉妒黄鹂。有一天它向上帝诉苦，询问上帝为何待自己不公，没有给自己一副黄鹂那样的动听的嗓子。

上帝听完孔雀的抱怨，微笑着对它说："我的孩子，别忘了，你的项颈间有着如翡翠般熠熠生辉的羽毛，你的尾巴上有华丽的尾翼，这些都是我给你的礼物，所以你是很出色的，不要心存嫉妒。"孔雀仍不满足："可是在唱歌这一项上有人超过了我，像我这样，跟哑巴有什么区别？"上帝见孔雀并未领会自己的意思，便又说道："命运之神已经公正地分给你们每样东西：你拥有美丽，老鹰拥有力量，黄鹂能够唱歌，喜鹊报喜……这些鸟，它们都很满意我对它们的赐予，都过着属于自己本性的快乐日子，你也应该像它们一样，尽情展现自己美丽的天赋。"

得到上帝的答复，孔雀终于明白了，便张开翅膀飞下天来。自此以后，当它想在人们面前展示自己的时候，就会亮出自己的羽毛。如果上帝没有及时为孔雀打开心结，恐怕孔雀仍然会为黄鹂的歌声比自己的动听而闷闷不乐，却忽略了自己的美丽其实也是黄鹂所羡慕的。

乌鸦的嫉妒

从前，有一只乌鸦从远处飞到了一个美丽的湖边，它在湖上飞过来飞过去，见到了一只梳理羽毛的天鹅。然后，它又从湖边飞到海上，认识了一群正在觅食的海鸥。接着它飞到了一

感悟
ganwu

上帝公正地赋予每个个体以自己的特长：孔雀拥有美丽，老鹰拥有力量，黄鹂拥有美妙的歌喉……如果拿自己的弱项去比他人的长项，就是自寻烦恼。所以我们应该像醒悟的孔雀那样，乐观地向他人展示自己美丽的"羽翼"。

　　每个人都有自己独特的个性和生存环境，在这种情况下，需要的是知足常乐的心态，并勤奋地做好自己的事情，尽力过好自己的生活。

座高山上，见到了一只在高空盘旋的苍鹰。

　　看到了这些之后，飞回森林的乌鸦开始愁眉不展。它对一只喜鹊说："为什么天鹅的羽毛那么洁白美丽，而我的羽毛却这样黑不溜秋的？"

　　喜鹊说："黑色有什么不好，光泽漂亮，美丽动人，你没看见很多人都喜欢穿黑色礼服吗？"

　　乌鸦愤愤不平地说："海鸥每天吃到海味佳肴，而我只能在山林僻野吃些小虫或残羹，太不公平了！"

　　喜鹊说："各人所处环境不同，海鸥能吃到海味，我们能吃到山珍，何必去嫉妒海鸥，也许它在嫉妒我们呢！"

　　乌鸦哭丧着脸说："苍鹰飞得那么高，翱翔天空，俯视大地，为什么我飞不到苍鹰的高度？"

　　喜鹊说："虽然苍鹰飞得高，我们飞得也不低呀！你看公鸡，只能飞上篱笆屋顶，它多么自得，还天天引颈高歌呢！"

　　乌鸦勃然大怒，说："去，去！你总是往好处想，满足于现状，没出息！"

　　喜鹊说："所谓知足常乐，我们生就这样的条件，何必去祈求得不到的，空想何益？你整天哭丧着脸，用嘶哑的声音不断发着牢骚，惹人讨厌。而我有自知之明，自得其乐，热爱生活，成天兴高采烈。因此，大家都叫我'喜鹊'。"

　　乌鸦发怒之后，又唉声叹气道："唉！我真不幸！我真不幸！……"

· 走自己的路 ·

　　加拿大人强尼·马汉小的时候，大家都认为他不是一个聪明的孩子，他在学校成绩也一直很差。到了高中的时候，他更是跟不上其他同学的学习进程了。为此，他十分苦恼，并总是嫉妒那些比他学习好的同学。他总在想，为什么他们就比我聪明呢？父母见他这样，为了解开他的心结，便带他去见了一位心理学家。

"我一直都很用功地读书，我几乎用尽了全部力量，但成绩就是不理想，为什么我没有其他人那么聪明呢？"马汉对心理学家说出了他的苦恼。

"问题的关键就在这里，孩子！"心理学家说，"你费了那么多劲，还是没什么进步，即使这样再继续学下去，恐怕也是徒劳无功。"

心理学家的话给了马汉很大的打击，他沮丧地说："我的爸爸妈妈如果知道了，一定会很伤心，他们一直希望我能够出人头地。"

心理学家轻拍他的肩膀，安慰和鼓励道："在这个世界上，不懂乐理、简谱的建筑师，或连加减乘除都算不好的画家到处都是，他们还是很有成就。每个人都有自己的专长，包括你，只要你找到了自己的专长，成为那个领域的杰出人物，你的父母就会以你为傲了。与其在你不擅长的领域羡慕、嫉妒别人，还不如开拓自己可以自由施展本领的新领域。"

心理学家的话给了马汉很大的鼓励，也使他下定决心去寻找自己擅长的领域。起初，他替人整理花园，修剪花草树木。不久，人们就发现他的手艺出众，便给他了一个"绿手指"的绰号。因为，只要经过他的神奇之手修剪，花园中的树木花草会长得愈加茂盛美丽。终于，当他化腐朽为神奇地将一块公有的肮脏污秽场地变成一座美丽花园的时候，全城的人都对他赞叹不已。

马汉的经历给了我们两点启示。首先，需要明白每个人都有天赋，而且每个人的发展都是不均衡，不一样的。其次，当一个人能够承认自己在嫉妒的时候，他的心境就会趋于平和，这样才能在生活中找到自己的位置，清楚自己的长处和缺点，进而化嫉妒为动力，发展属于自己的天赋。

40 岁时的马汉，不会讲加拿大人都要学的法语，不懂得拉丁文，更不用说高级知识分子必学的微积分。但那又如何，他已经成为一位园艺大师，享誉全世界。

·踢人的驴子·

苏格拉底是古希腊的大哲学家，哲学在当时是很崇高的、非常受尊敬的学问，而苏格拉底也是一个非常有智慧的人，因而被称为全希腊最聪明的人。很多青年以他为导师，追随着他，向他讨教，希望能从他那里得到教诲，也使自己成为聪明的人。但同时，也有一些人看不惯苏格拉底的行为，嫉妒他的学识和号召力。

有一天，苏格拉底和一位老朋友在雅典城里悠闲地散步，他们一边走一边愉快地交谈着。忽然，有位嫉妒苏格拉底的青年出现在他们旁边，用棍子打了苏格拉底一下，然后跑掉了。

苏格拉底的朋友看到了这一幕，非常气愤，立刻要回头找那个家伙算账。

但苏格拉底拉住了他，不让他去报复。朋友觉得很奇怪，就问道："难道你怕这个人吗？"

苏格拉底说："不，我绝不是怕他。"

朋友又问："那么人家打你，你都不还手吗？"

这个时候，苏格拉底笑着回答道："朋友，你糊涂了，难道一头驴子踢了你一下，你也要还它一脚吗？"

他的朋友点点头，微笑着不说什么了。

感悟
gǎnwù

人出于嫉妒的行为就像失控的驴子踢人一脚一样，他是没有理智的，但你不能以同样的方式回敬他，因为那样就把你降为和他同样的等级了。

吴士宏的嫉妒

被中国当代大学生尊称为"神奇女士"的吴士宏，本来是北京一家小医院的护士。她自学成才，通过外贸服务公司进入IBM公司，因业绩突出不断晋升，12 年间从办公勤务职员一直升到微软中国公司总经理。后又跳槽，现在她是大型国有企业 TCL 集团副总裁、TCL 信息产业集团总裁。北京、上海一些大学常请吴士宏作报告，大学生很喜欢听她的报告。

按照吴士宏的地位、身份和成就，她完全可以向大家讲述她的光荣奋斗史，只讲"过五关斩六将"而不谈"走麦城"。但吴女士十分坦率，她曾当着上千学生的面承认自己有过妒忌心。吴士宏说："有那么几年，我总是心理不平衡，为什么我一天工作十六七个小时，被提升的却是别人？为什么明明大家同样苦干，外籍员工却理所当然地拿比我高好几倍的薪水？"不过她接着说，好在嫉妒并没有使她发动任何指向别人的进攻，而是把所有炮火都指向自己。于是她加倍地工作，业绩更明显地超过别人，这样才有了今天辉煌的成就。

对吴士宏而言，适度地嫉妒，对妒忌心适度地调控，是她成功的催化剂。

驴子和骡子

有一天，农夫赶着一头驴子和一头骡子一起驮货进城，驴子和骡子驮的东西一样多。可是吃早饭的时候，农夫为骡子准备的饲料比驴子多一倍。驴子很气愤，一路上没完没了地发牢

当我们有很多事情要做时，我们就会忘记对别人的嫉妒，无暇再去嫉妒别人。因此，应该像吴士宏那样，积极参与有益的工作和活动，勤奋工作，使自己慢慢充实而进步起来。

感悟
ganwu

如果你想得到好的回报，就要有与之相应的努力；否则，安心地做"驴子"，而不是嫉妒辛苦工作的"骡子"。

骚，嫌骡子吃的比自己多，说主人太偏心。

它们刚走了没一会儿，驴子便感到累了，落在了骡子后面。农夫看见驴子有点走不动了，便从它的背上拿下一部分货物，加在了骡子背上。

又走了一会儿，驴子累得更加不行了，直喘粗气，汗流浃背，农夫于是又取了一部分货物……

最后驴子驮的所有货物都加在了骡子的身上。

这时，骡子回过头对驴子说："喂，朋友，你现在还嫌我吃双倍的饲料吗?"

嫉妒的孔雀

森林里住着三只漂亮的孔雀，一只叫玲玲，一只叫珑珑，还有一只叫婷婷。玲玲一身纯白，看起来高雅动人。珑珑的羽毛蓝得发亮，十分娇艳。而婷婷则有一身五彩斑斓的羽毛，非常美丽。它们是公认的"森林三大美人"。可是，它们彼此嫉妒对方，不愿意同时出现，更不愿意听到有人夸它们三个中的另外两个漂亮。

有一天，玲玲和珑珑在傍晚散步的时候不期而遇了。玲玲把头抬得高高地说："我呀，是世界上最美丽的孔雀，谁也比不上我!"珑珑也不甘示弱："哼! 我才是世界上最美丽高雅的孔雀呢! 看你一身白，真像是……"就这样，它们吵了起来。

谁都吵不过对方，于是它们竟然大打出手，你啄我，我咬你。结果，两人身上漂亮的羽毛都被啄掉了，全身只剩下光秃秃的一片。这时，它们后悔也来不及了。

从此，这两个彼此嫉妒的"森林美人"就消失了，只剩下婷婷这唯一的"森林美人"了，而婷婷就更加骄傲又自满了。

有一天，婷婷来到一条清澈的小河边，它伸伸脖子正想洗洗脸，忽然发现水里有一只和它长得一样漂亮的孔雀。于是，

它非常生气，心想：森林里怎么会还有和我一样漂亮的孔雀呢？它开始嫉妒那只孔雀，决定跟它比比谁更美。婷婷展开自己那五彩的羽毛，对水里的孔雀说："我的羽毛漂亮吧！"可向下一看，水里的孔雀也展开了一身五彩的羽毛。婷婷觉得很奇怪，心想：它怎么也有一身跟我长得一样的羽毛呢？于是，婷婷又使劲跳了几下，可水中的孔雀也跳了几下。这下，婷婷可火了，它想："我才是最漂亮的孔雀、森林里的美人，谁也不能超过我。"它越来越嫉妒和生气了，于是，它就向另一只孔雀扑去，想把那只孔雀淹死。然而等它跳入水中时，那一只孔雀却怎么也找不到了。婷婷以为那只孔雀躲了起来，就在水中找了一下，结果那只孔雀没找到，自己却淹死了。

感悟

gǎnwù

孔雀因为彼此嫉妒，容不下别人比自己漂亮，结果一个一个失去了美丽，甚至丢掉了性命。没有开阔的心胸，不能容下他人，让自恋和嫉妒主宰了自己的情绪，后果不堪设想。

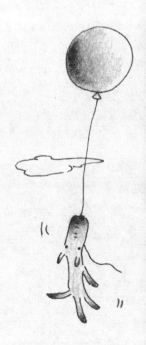

第6章
唯一值得恐惧的事情是恐惧本身

恐惧是最能焕发人类潜能的情感，它让我们在危难时刻放手一搏，从危难中逃脱。

恐惧也是粉碎人类个性最可怕的敌人。它使我们失去理智、失去判断力，让我们在最关键的时刻颓然放弃。它使得我们不敢去尝试，使得我们畏首畏尾，它限制了我们的潜能，使我们的生活因为恐惧而蒙上厚重的阴影。

其实面对恐惧，只需要事前思考，并对可能出现的不测做好准备，恐惧感就会大大地降低。面对恐惧，我们需要拿出勇气，不让恐惧将我们吞噬。

· 恐惧的力量 ·

有一家银行,要求广告公司做出一个与众不同、别具匠心的大型旅行支票的广告。广告公司主管的压力很大,他召集同事说:"这次旅行支票的广告,上面很重视,要求我们必须拿出不同凡响的东西来。我打个比方好了,这个旅行支票广告一面世,就要像明星麦当娜上街一样地引人注目。"

广告公司的同事听后,个个感到担子很重,要找到如此吸引人的好创意谈何容易?

大家加班加点,绞尽脑汁,可是想出来的点子总不能令人满意。

一天中午,几位同事一起出去吃完午餐后,四处闲逛,看看能不能找到灵感。

忽然,大家看到前方一片骚乱,于是跑上前去看看发生了什么事。原来是警察抓住了一个扒手,不少行人都围拢过来看热闹,远去的行人也频频回头。

"对啊!这不就跟麦当娜上街一样地引人注目?"一位同事突然情不自禁地喊出声来。

过了些日子,这家银行推出了一个绝妙广告:

图:一个扒手正将手伸入游客的口袋。

文:你将亲眼目睹一宗罪行。

黑体字:使用我们的旅行支票可以预防这种罪行。

这张广告家喻户晓,深入人心,为旅行支票的广泛使用打开了通道。

无独有偶。纽约有位年轻人——摩斯,在纽约市的一个热闹地区租了一家店铺,满怀希望地做起保险柜的买卖。然而,生意惨淡,虽然店里形形色色的保险柜排得整整齐齐,每天有成千上万的人从他的店前走来走去,但是却很少有客人光顾。

看着店前川流不息的人群，摩斯终于想出一个走出困境的办法。

第二天，他匆匆忙忙前往警察局借来正被通缉的罪犯的照片，并把照片放大好几倍，然后贴在店铺的玻璃上，照片下面附上一张缉拿罪犯的说明。

照片贴出来后，来来去去的行人都被照片吸引，纷纷驻足观看。人们看到了逃犯的照片，产生了一种恐惧心理，本来不想买保险柜的人，此时也想买一台。因此，摩斯的生意很快出现了明显的转机，滞销变成了热销。

不仅如此，因为他贴出了案犯的照片，使警察局得到了价值非凡的线索，顺利地缉拿到了案犯。因此，摩斯还荣幸地领到了警察局的表彰奖状，媒体也作了大量的报道。他也毫不客气地把表彰奖状连同报纸一并贴在玻璃窗上，可谓锦上添花，生意也更加红火了。

海军陆战队的生与死

有一个年轻人，届逢服兵役的年龄，抽签的结果，正好抽中下下签：最艰苦的兵种——海军陆战队。年轻人为此整日忧心忡忡，几乎到了茶不思饭不想的地步。年轻人深具智慧的祖父见到自己的孙子这般模样，便寻思要好好开导他。

老祖父："孩子啊，没有什么好担心的。到了海军陆战队，还有两个机会，一个是内勤职务，另一个是外勤职务。如果你被分到内勤单位，也就没有什么好担心的了。"

年轻人问道："那若是被分到外勤单位呢？"

老祖父："那还有两个机会啊，一个是留在本岛，另一个是分到外岛，如果你分在本岛，也不用担心啊。"

年轻人："那要是分到外岛呢？"

老祖父："那还是有两个机会，一个是后方，另一个是前

老祖父用自己的智慧开导年轻人，将一切解释得轻松而有道理。读后使人感动之余，心生力量。是啊，无论如何，我们总会有两个机会，那么还有什么好担心和恐惧的呢？

147

线，如果你留在外岛的后方单位，也是挺轻松的。"

年轻人再问："那要是分到前线呢？"

老祖父："那还是有两个机会，一个是站岗卫兵，平安退伍；另一个是遇上意外事故。如果你能平安退伍，又有什么好怕的？"

年轻人问："那么，若是遇见意外事故呢？"

老祖父："那还是有两个机会，一个是受轻伤，可能送回本岛；另一个是受了重伤，可能不治。如果你受了轻伤，送回本岛，也不用担心啊。"

年轻人最恐怖的部分来了，他颤声问："那……若是遇上后者呢？"

老祖父大笑："若是遇见那种情况，你人都死了，还有什么好担心的？倒是我要担心，那种白发人送黑发人的痛哭场面，可不是好玩的呀！"

· 内心的缺陷 ·

感悟
ganwu

在面对一些或有或无的危险时，我们会不自觉地被自己吓倒。面对这种内心的失调，我们要学会冷静，别让主观世界的恐惧阻碍我们前进的步伐。

他去建筑工地采访一位包工头，一个民工往大厦上一指，示意他包工头就在上面。他向大厦的高处望去，大厦最少也有二十五层，他有些目眩。他沿着木板铺成的梯子往上爬，还没有竣工的大厦仿佛到处都在颤抖，脚下的木梯发出就要断裂的吱呀声，整座大楼似乎随时都会塌陷下来。梯子木板有些已经脱落，露出空空的一块，人必须跨过去才能前行。他缓慢地向上挪动，梯子的两边竟然没有扶手，他每走一步都胆战心惊。惊惧中，梯子越来越窄，木板就像是虚掩着铺在梯子上的，根本不像用钉子固定的，不小心就有可能蹬翻。这一切让他心跳如鼓，两腿打战，他的感觉就像踩在巍峨万丈的高山之巅，脚下的峡谷深不见底。

　　大汗淋漓的他后悔这么冒失地爬上来。此刻，他的脑子里想的全是不慎坠落下去的可怕镜头，一个个惨烈的场面浮现在他的眼前，任凭他如何努力也挥之不去。

　　他哆嗦得越来越厉害，他实在经受不住了。他想，最好还是退回去，可下去似乎比上来更难。他站在原地，颤抖的双腿一步也迈不开了，他索性蹲下来，两手扶着脚下的木板，面色苍白，很想吐。

　　就在这时，他的耳边响起一片楼板的震动声，脚下颤抖得像是发生了地震，整座大厦都在倾斜。他吓坏了，除了哆嗦，脑子里一片空白。等他抬起头来才发现，原来是三名工人正从梯子的上面走下来。三名工人并排的身影让他十分疑惑，原来楼板还是很宽的，可以并排走三个人。他往下看，他以为的万丈悬崖，原来也只有二层楼高。两边虽然没有扶手但还有护网，就是真的掉下去，也不会有任何危险。

　　他这才明白，一切都是他的错觉。他缓缓神，努力站起来，尽量让自己放松。他知道自己的恐惧毫无道理，却依然无法消除这种恐惧。

　　很多时候，我们的内心会产生一种莫名的胆怯。它是一种判断上的误差，内心的惊怕，及对事物的过分忧虑所导致的生理现象。这种内心的严重失调，让我们踌躇不前。

　　问题是，这种恐惧并非来自真实的客观世界，而是来自我们的内心，是由我们深藏不露的内心体验和自我的损伤所造成，而不是伸手就能触摸得到的现实世界。在我们面对惊吓、疑惑、误判、担忧所造成的阻碍时，我们最好先冷静下来，问一问自己，我们的内心世界是存在着某种不良情绪，还是因生活的挫折与重压而导致了一些缺陷。

· 拿破仑与皮毛商人 ·

拿破仑入侵俄国期间，他的部队在一个无比荒凉的小镇中作战，当他意外地与他的军队脱离时，一群俄国哥萨克人盯上了他，开始在弯曲的街道上追逐他。拿破仑开始逃命，并潜入僻巷中的一家小毛皮商人家。当拿破仑气喘吁吁地逃入店内时，他对毛皮商人可怜地大叫："救救我，救救我！我可以藏在哪里？"

毛皮商说："快点，藏在角落的那堆毛皮底下！"然后他用很多张毛皮盖住拿破仑。

当他一盖完，俄国哥萨克人就已冲到门口，大喊："他在哪里？我们看见他跑进来了！"不顾毛皮商人的抗议，他们把他的店给拆了，想找到拿破仑。他们将剑刺入毛皮内，但是没有发现他。不久，他们放弃并离开了。

过一会儿，正当拿破仑的贴身侍卫来到门口时，拿破仑毫发无损地从毛皮下爬出来。毛皮商向拿破仑胆怯地说："原谅我对一个伟人问这个问题，当您躲在毛皮下，知道下一刻可能是最后一刻，那是什么样的感觉？"

拿破仑站稳身子，愤怒地向毛皮商人说："你竟然对拿破仑皇帝问这样的问题？警卫，将这个不知轻重的人带出去，蒙住眼睛，处决他。我，本人，将亲自发布枪决命令！"

警卫捉住那可怜的毛皮商人，拖到外面面壁而立，蒙住双眼。毛皮商人看不见任何东西，但是他可以听到警卫的动作。当他们慢慢排成一列，准备他们的步枪时，他可以听见自己的衣服在冷风中簌簌作响，他可以感觉到寒风正轻轻摇着他的衣摆，冷却他的脸颊，他的双脚正不由自主地颤抖着。然后，他听见拿破仑清清喉咙，慢慢地喊着："预备……瞄准……"在那一刻，他知道甚至这一些无关痛痒的感伤都将永远离他而去，而眼泪流到脸颊时，一股难以形容的感觉自他身上奔泻而出。

经过一段长时间的安静之后，毛皮商人听到有脚步声靠近他，他的眼罩被解了下来。因为突来的阳光使得他睁不开眼，他可以看见拿破仑的眼睛深深地又故意地望着他的眼睛，似乎想看穿他灵魂里的每一个角落。然后拿破仑轻柔地说："现在你知道了。"

内外皆柔软

日本京都大仙寺的住持尾关宗园，是当代著名的禅师，也是著名的演说家。

由于对自己的经验极有信心，有一次他接受了一个中学的演讲邀约，并没有约定题目，他心想大概和平常一样，谈一些教化的演讲。

演讲当天，学校的老师开车来接他，他问学校的老师："请问今天演讲的题目是什么？"

老师说："学校的毕业旅行准备参观大仙寺和市内的主要寺院，所以想请你对学生谈谈京都的历史、古寺和名胜的由来。"

尾关宗园听了大吃一惊，非常紧张，手心出汗，一直发抖。因为他对京都的历史、古寺、名胜的认识浅薄，实在没有内容可以告诉学生。

中学老师看他不知所措的样子，便笑着安慰他说："你别想得太难，只要放轻松就可以了。"

尾关宗园内心直打哆嗦，眼前一片迷蒙，感觉到学校的路

感 悟
gǎnwù

很多事情只是我们没有勇气去做，迎难而上，一切未必像我们想象中的那么难。放松自己，什么都别怕，什么都不用去顾虑，我们就会把事情做好。只要把心放开，就没有什么可以打击我们勇往直前的信心。

上时间好像一个世纪那么长，直到和学校校长、老师打招呼时，心里还想："我究竟该说些什么?"

他在毫无准备的情形下上台演讲，因为太紧张，上阶梯时，突然绊了一跤。

全场学生哄然大笑，这一笑，使他释然了，他心想："再也不会有比跌跤更糟的事了。"

于是，他说："说真的，临时要我介绍京都的历史、古寺和名胜的由来，真是太难了，所以，我在半途就好想逃回去。"

学生又是一阵笑声，这次不是轻视的笑了。

尾关禅师完全释然放松，做了一次成功的演讲。

由于在讲台绊的那一跤，使他恢复了平常心，从"非这么做不可"转换成"这样做也可以""那样做也可以"，本来因对立而产生的恐惧，也因为无心的跌跤而消失了。

这是尾关宗园在他的著作《大安心》中的一段回忆，他的结论是："因为时钟的滴答声而睡不着，心里总是惦记着时钟的声音，这是一个缺乏安定感的自己。在不知不觉中睡着，而不在乎时钟的声音，就等于与它合而为一、变为一体了。"

平常心也是无心的妙用，心里想着"要睡一个好觉"的人，往往容易失眠。心里计划着"要有一个美好人生"的人，总是饱受折磨。

"外刚内柔"的人，一旦受到挫折，就容易走极端。

唯有内外都柔软，没有预设立场的人，才能一心一境，情景交融，达到心境一体的境界。

我和尾关禅师一样，也常常去参加不知题目的演讲，也有惶恐、紧张的时候，这时我想到这句话就释怀了："再也不会有比跌跤更糟的事了。"

向自己挑战的人

值得记住的是一位探险家的名言："凡是我能够做的，我都想尝试。"

远在 44 年之前，约翰·戈达德就把他这一辈子想干的大事列了一个表。那时他 15 岁，是洛杉矶郊区一个没见过世面的孩子。他把那张表题名为"一生的志愿"。表上列着："到尼罗河、亚马孙河和刚果河探险；登上埃佛勒斯峰（即珠穆朗玛峰）、乞力马扎罗山和麦特荷恩山；驾驭大象、骆驼、鸵鸟和野马；探访马可·波罗和亚历山大一世走过的道路；主演一部《人猿泰山》那样的电影；驾驶飞行器起飞降落；读完莎士比亚、柏拉图和亚里士多德的著作；谱一部乐曲；写一本书；游览全世界的每一个国家；结婚生孩子；参观月球……"每一项都编了号，一共有 127 个目标。

现在，59 岁的戈达德依然显得年轻漂亮，他不仅是一个经历过无数次探险和远征的老手，还是电影制片人、作者和演说家。他仍然把家安在加利福尼亚南部，和妻子住在一栋旧式平房里。在屋里，他悠闲地坐在那些干缩的头骨、银制的匕首、闪亮的编织品和充满异国情调的工艺品之间，这些东西常使他回忆起往日的探险生涯来。当提及那张多年以前的"志愿表"时，戈达德微微一笑，谈起了年轻时的自己。

"我写那张表，"他解释说，"是因为在 15 岁时我已清楚地认识到自己的阅历贫乏。我那时思想尚未成熟，但我具有和别人同样的潜力，我非常想做出一番事业来。我对一切都极有兴趣——旅行、医学、音乐、文学……我都想干，还想去鼓励别人。我制定了那张奋斗的蓝图，心中有了目标，我就会感到时

感悟
ganwu

探险家的经历让人赞叹，而他们非凡的胆识更让我们敬佩。生活中，你是否也有勇气立即开始着手为自己的梦想而奋斗？

刻都有事做。我也知道周围的人往往墨守成规，他们从不冒险，从不敢在任何一个方面向自己挑战。我决心不走这条老路。"

当戈达德把梦想庄严地写在纸上之后，他就开始抓紧一切时间来实现它们。16岁那年，他和父亲到了佐治亚州的奥克费诺基大沼泽和佛罗里达州的埃弗格莱兹去探险。"这是我首次完成了表上的一个项目，"他回忆说，"我还学会了只戴面罩不穿潜水服到深水潜游，开拖拉机，并且买了一匹马。"20岁时他已经在加勒比海、爱琴海和红海里潜过水了。他还成为一名空军驾驶员，在欧洲上空进行过33次战斗飞行。他21岁时已经到21个国家旅行过。22岁刚满，他就在危地马拉的丛林深处发现了一座玛雅文化的古庙。同一年他就成为洛杉矶探险家俱乐部有史以来最年轻的成员。接着他就筹备实现自己宏伟壮志的头号目标——探索尼罗河。

戈达德说："我把尼罗河置于首位，因为我认为这是地球上最重要的地貌。尼罗河是全非洲的缩影：在尼罗河盆地中实际拥有全非洲的每一种鸟、兽类、爬行动物和昆虫；它还拥有全人类中最矮和最高的人种（俾格米人和瓦图西人）；你既能在喀土穆和开罗这样的城市中遇见受过良好教育的、经验丰富的人，也能在苏丹的丁卡这样的地方碰到过着半游牧生活的牧民。所以，游遍尼罗河上下，研究两岸的风土人情就成了对我的最大挑战。"

戈达德26岁那年，他和另外两名探险伙伴来到布隆迪山脉的尼罗河之源。三个人乘坐一只仅有60磅重的小皮艇开始穿越4 000英里的长河。他们遭到过河马的攻击，遇到了眯眼的沙暴和长达数英里的激流险滩，闹过几次疟疾，还受到过河上持枪匪徒的追击。出发10个月之后，这三位"尼罗河人"

胜利地从尼罗河口划入了蔚蓝色的地中海。

戈达德说，这次旅行，如果事先过多地考虑那漫长的道路和面临的艰难，也许就不敢出发了。但是经过一天又一天的积累，我们终于达到了目的。我想这就是生活的成功之路吧。

紧接着尼罗河探险之后，戈达德开始接连不断地加速完成他的目标：1954 年他乘筏漂流了整个科罗拉多河；1956 年探查了长达 2 700 英里的全部刚果河；他在南美的荒原、婆罗洲和新几内亚与那些食人生番、割取敌人头颅作为战利品的人一起生活过；他爬上阿拉拉特峰和乞力马扎罗山；驾驶超音速两倍的喷气式战斗机飞行；写成了一本书《乘皮艇下尼罗河》；他结了婚并生了五个孩子。开始担任专职人类学者之后，他又萌发了拍电影和当演说家的念头，在以后的几年里他通过讲演和拍片为他下一步的探险筹措了资金。

到现在为止，戈达德已经完成了 127 个目标中的 106 个。他获得了一个探险家所能享有的荣誉，其中包括成为英国皇家地理协会会员和纽约探险家俱乐部的成员。沿途他还受到过许多人士的亲切会见。

刚果河的探险是他严峻的一课。戈达德与他的好朋友杰克·约威尔一起下河出发，一路顺利，不料约威尔却突然葬身于一个可怕的旋涡之中，他的死把戈达德投入了绝望和孤独的深渊。"我们朝夕相处了 6 个星期，像兄弟一样亲密，"他说，"我们一路上战胜了所有的艰险。可是，突然，他就去了，就剩下我孤零零的一个人了。"戈达德停顿了片刻，痛苦地回忆说："一时间，我真不知道怎么办了，但想起我和杰克曾经发过誓，无论我们之中的哪一个出了事，另外一个也要把航程进行到底，于是，我就继续前进了。"

戈达德在实现自己目标的征途中，有过 18 次死里逃生的经历。"这些经历教我学会了百倍地珍惜生活，凡是我能够做的，我都想尝试。"他说，"人们往往活了一辈子却从未表现出过巨大的勇气、力量和耐力。但是我发现当你想到自己反正要完了的时候，你会突然产生惊人的力量和控制力，而过去你做梦也没想到过自己体内竟蕴藏着这样巨大的能力。当你这样经历过之后，你会觉得自己的灵魂都升华到另一个境界之中了。"

他指出，差不多每个人都有自己的目标和梦想，但并不是每个人都去努力实现它们。

"一生的志愿是我在年纪很轻的时候立下的，它反映了一个少年人的志趣，其中当然有些事情我不再想做了，像攀登埃佛勒斯峰或演《人猿泰山》那样的电影。制定奋斗目标往往是这样，有些事可能力不从心，不能完成，但这并不意味着必须放弃全部的追求。""检查一下你的生活并向自己提出这样一个问题是很有好处的：'假如我只能再活一年，那我准备做些什么？'我们都有想要实现的愿望，那就别延宕，从现在就开始做起！"戈达德未来的计划仍然是充实的，其中包括游览长城（第49号）和攀登麦金莱山（第23号），他决不轻易放弃任何一个目标。"这样，一有机会到来时，我总是'准备完毕'。"的确如此，在他的内心深处，他坚信有一天终能实现他的第125号目标——参观月球。

印度的大黄瓜

阿凡提去了一趟印度，归来时几位朋友前去迎接。他一见到朋友们，滔滔不绝地说起在印度的所见所闻。

说着说着开始吹起牛来："我在印度见到一根黄瓜，足有

一座山那么大。"

朋友们一听便知他在吹牛，对他说："你去印度后，我们在家乡修了一座桥，那是一座神秘的桥。"

"它有什么神奇功能？"阿凡提提问。

"这座桥能把说瞎话的人夹死。"朋友们答。

"如果不从这座桥上过呢？"阿凡提提问。

"那是唯一的一座桥，通往村里的必经之路，快看，就要到那座桥了！"朋友们说道。

阿凡提信以为真，改口道："我说的那根黄瓜没有一座山那么大，也有一间房子那么大。"

又走了一会儿，阿凡提又说："那根黄瓜没有一间房子那么大，里边也能装一个人。"

"管它有多大呢，到了那座桥，桥会作出公证。"朋友们说。

又走了一会儿，就要踏上桥了，阿凡提又说道："其实印度的黄瓜也跟我们这里的一般大，有的比我们这里的还要小。"

朋友们听后哈哈大笑起来。

感悟
gǎnwù

　　说大话者自己也不相信自己，所以才会被莫须有的事情吓倒。心地坦诚，你便可无所畏惧地面对一切。

恐惧可以通过学习而产生

　　恐惧是怎样形成的？该怎样消除它？心理学家们对这个问题的看法不同，因而做法各异。

　　美国有个心理学家名叫华生（Watson），他认为恐惧可以通过学习而产生，同样也可以通过学习而消除。

　　华生试图在实验室里证明他的理论，他找来一个刚刚出生11个月名叫阿尔伯特（Albert）的婴儿来做实验。

　　他的第一个实验是想使阿尔伯特对大白鼠产生恐惧反应。

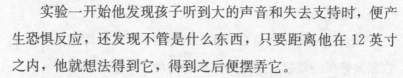

这个故事启示我们，人的恐惧是慢慢形成的，然而并非无法摆脱。科学的心理学方法可以帮助我们消解恐惧。

实验一开始他发现孩子听到大的声音和失去支持时，便产生恐惧反应，还发现不管是什么东西，只要距离他在12英寸之内，他就想法得到它，得到之后便摆弄它。

这个孩子对巨大声响的反应同其他孩子的反应是一样的。

华生找来一根直径1英寸、长1英尺的钢棍，当用锤子敲击这根钢棍时，孩子便产生明显的恐惧反应。在做完上述预备实验之后，华生便开始正式做实验。他先让阿尔伯特玩弄一只大白鼠，孩子玩得很高兴，几周之内毫无惧怕的迹象。有一天正当阿尔伯特伸手去触摸那只大白鼠时，华生用锤子猛敲那根钢棍，发出很强的噪声，使阿尔伯特产生了很不愉快的感觉。

华生是这样描述当时孩子的表现的：他被吓得猛然跳了起来，然后跌倒，一头扎进床上的褥子里，可是孩子并没有哭叫。以后华生便重复地这样做，每当孩子伸手触摸大白鼠时，华生便敲击钢棍，孩子便猛然跳起然后跌倒，继而哭泣。

这种做法显然给阿尔伯特留下了很深的印象。

1周之后华生又让阿尔伯特玩弄大白鼠，这时孩子对动物不怎么感兴趣，看来有点胆怯。华生对当时的情况是这样描述的：当把动物突然呈现在孩子的面前时，阿尔伯特并没有走上前去接近它。当实验者逐渐把大白鼠移近阿尔伯特时，孩子便试探性地伸出左手。当动物用鼻子嗅他的左手时，他立刻把左手缩了回去。后来他伸手去摸大白鼠的头，当还没有碰到动物时，便又把手缩了回来。

在进行本实验之前，阿尔伯特是不怕大白鼠的，而这种实验重复多次之后，他不但惧怕大白鼠，而且害怕兔子，害怕用海豹皮做的衣服外套和棉花。

所幸的是华生还可以通过重新形成条件反射的方法，或者称作去条件反射（reconditioning）的方法，把形成的恐惧予以消除。有一位名叫彼得的小孩就做过消除恐惧的实验。

彼得是一位 3 岁的男孩，他不但惧怕大白鼠，也怕兔子、毛大衣、羽毛、棉团、青蛙、鱼和机械玩具。彼得很像刚才所说的阿尔伯特，所不同的是，彼得的恐惧不是在实验室里而是在家里养成的。

华生有一位研究生名叫琼斯（Jones），华生交给她一项任务，要她设法减轻彼得的恐惧行为。琼斯想出了一个好主意，她把彼得置身于他所害怕的那些东西面前，同时让其他一些孩子在场，而那些孩子对琼斯害怕的动物并不害怕。琼斯把这种方法叫做"社会因素法"。琼斯之所以这样做是因为她推想，如果他看到其他孩子玩弄这些东西，他的好奇心就足以使他战胜恐惧。

这种方法取得了一定的效果，彼得的恐惧开始逐渐消退。不幸的是，在实验过程中彼得患了猩红热，住了两个月医院。出院那天，正当他和护士上出租汽车时，有一只个子很大的狗向他们发起了攻击，他们两个一阵慌忙，当彼得躺在汽车上时，显得精疲力竭。经过几天恢复之后，琼斯又把彼得带进实验室，想看看他是否还害怕以前所害怕的那些东西，出乎意料的是，他比以前怕得更厉害。

在彼得身上所做的实验失败了，但琼斯和华生并不灰心，他们决定变换一下方法再做一次。他们想，如果把彼得所害怕的东西，同可能引起愉快感的东西放在一起，呈现给他，也许他就不会再害怕了。于是他们独出心裁地利用彼得吃午饭的机会进行实验。他们把彼得领进一个长约 40 英尺的大饭厅里，让他坐在一把高椅子上，当他吃得正高兴的时候，把一只兔子放在远处让彼得看。因为距离远，兔子又是放在铁丝笼子里的，彼得并不害怕，照样吃他的饭。以后每当吃午饭时便如法

炮制，不过逐日将兔子移近，后来竟把兔子放在桌上，进而又放在他的大腿上，最后彼得一手吃饭，一手玩兔子，恐惧就这样消除了。

·抉 择·

有一个学电子专业的大学生，毕业时被分配到一个让许多人羡慕的政府机关，干着一份十分轻松的工作。

然而时间不长，年轻人开始变得郁郁寡欢。原来年轻人的工作虽轻松，但与所学专业毫无关系，要知道年轻人可是电子专业的高才生啊，空有一身本领却无用武之地。他想辞职外出闯天下，但内心深处却十分留恋眼下这一份稳定又有保障的舒适工作，要知道外面的世界虽然很精彩可是风险也大啊！经过反复思量他仍拿不定主意，于是他就将自己的想法告诉父亲，他的父亲听后想了一会儿，给他讲了一个故事：

有一个乡下的老人在山里打柴时，拾到一只很小的样子怪怪的鸟，那只怪鸟和出生刚满月的小鸡一样大小，也许因为它实在太小了，还不会飞，老人就把这只怪鸟带回家给小孙子玩耍。

老人的孙子很调皮，他将怪鸟放在小鸡群里，充当母鸡的孩子，让母鸡养育着。母鸡没有发现这个异类，全权负起一个母亲的责任。

怪鸟一天天长大了，后来人们发现那只怪鸟竟是一只鹰，人们担心鹰再长大一些会吃鸡。然而人们的担心是多余的，那只一天天长大的鹰和鸡相处得很和睦，只是当鹰出于本能在天空展翅飞翔再向地面俯冲时，鸡群出于本能会产生恐慌和骚乱。

时间久了，村里的人们对于这种鹰鸡同处的状况越来越看

|感 悟
gǎnwu

置之死地而后生，死生的转化就是战胜恐惧的一刹那。

不惯，如果哪家丢了鸡，便首先会怀疑那只鹰，要知道鹰终归是鹰，生来是要吃鸡的。愈来愈不满的人们一致强烈要求：要么杀了那只鹰，要么将它放生，让它永远也别回来。因为和鹰相处的时间长了，有了感情，这一家人自然舍不得杀它，他们决定将鹰放生，让它回归大自然。

然而他们用了许多办法都无法让那只鹰重返大自然，他们把鹰带到很远的地方放生，过不了几天那只鹰又飞回来了，他们驱赶它不让它进家门，他们甚至将它打得遍体鳞伤……许多办法试过了都不奏效。最后他们终于明白：原来鹰是眷恋它从小长大的家园，舍不得那个温暖舒适的窝。

后来村里的一位老人说：把鹰交给我吧，我会让它重返蓝天，永远不再回来。老人将鹰带到附近一个最陡峭的悬崖绝壁旁，然后将鹰狠狠地向悬崖下的深涧扔去，如扔一块石头。那只鹰开始也如石头般向下坠去，然而快要到涧底时它终于展开双翅托住了身体，开始缓缓滑翔，然后轻轻拍了拍翅膀，就飞向蔚蓝的天空，它越飞越自由舒展，越飞动作越漂亮，这才叫真正的翱翔，蓝天才是它真正的家园啊！它越飞越高，越飞越远，渐渐变成了一个小黑点，飞出了人们的视野，永远地飞走了，再也没有回来。

听了父亲的故事，年轻人痛下决心，辞去了公职外出闯天下，终于干出了一番事业。

其实我们每个人又何尝不像那只鹰一样，总是对现有的东西不忍放弃，对舒适平稳的生活恋恋不舍？一个人要想让自己的人生有所转机，就必须懂得在关键时刻把自己带到人生的悬崖，给自己一个悬崖其实就是给自己一片蔚蓝的天空啊！

·生命的脊梁·

| 感悟
ganwu

在这个世界
上，人所处的绝
境，在很多情况
下，都不是生存
的绝境，而是由
于内心的恐惧。
世界上最值得恐
惧的事情就是恐
惧本身。

美国著名心理学家马丁·加德纳，原来是位医生。他竭力反对把实情告诉癌症患者。他认为，在美国死于癌症的病人中，80％的病人是被吓死的，其余才是真正病死的。

他曾做过一个实验：让一个死囚躺在床上，告诉他将被执行死刑，然后用木片在他的手腕上划一下，接着把预先准备好的一个龙头打开，让它向床下的一个容器滴水，伴随着由快到慢的滴水节奏，结果那个死囚昏了过去。

1988年，他把实验结果公布出来时，遭到了司法当局的起诉，但他用事实告诉世人：精神才是生命的真正脊梁，一旦从精神上摧垮一个人，生命也就变形了。

现在，加德纳是美国横渡大西洋—3V俱乐部的心理教练。在他的指导下，一个叫伯来奥的人一举成名。这位男子驾着独木舟从法国的布勒斯特出发，横跨大西洋和太平洋，历时6个半月到达澳大利亚的布里斯班，创造了单人独舟横渡大西洋的吉尼斯纪录。

有人怀疑，加德纳是不是又在拿运动员做实验？加德纳反驳说：我从没做过什么实验，我只是在证实精神的作用。

看你想去的地方

如果你问赛车手，他们是如何通过那些紧要关头却不会撞到任何东西，你得到的答案是："看你想去的地方，不要看你不想去的地方。"如果你看着墙壁，很可能你就会撞上去。

把注意力放在生活中你想要的东西上，而不是你不想要的。人们经常花大部分的时间和精力想着他们期望摆脱的事情——我想减 10 磅，或者他们不想的事情——我期望没有这些账单。要反过来试着把注意力放在你想做的事情上。

我最近和一位朋友谈到这点，知道了跳伞员能够在半空中"连起来"，是借着直视他们想要连接的对象的眼睛。他们的身体自动彼此拉近。

我正在想此事时，我家的猫进入我的办公室。它喜欢坐在我书桌后面的窗台上，想象在那儿可以抓住一只鸟。我注意它开始上窗台的动作——首先，它坐下来用心看着我书桌的顶端，仿佛它所有的注意力都在那儿；然后它忽然跳上高出自己 20 倍的书桌，简简单单，毫不费力。我明白行动的原则也是如此，要信心十足地向目标迈进。

约瑟夫·莫瑞说："看到哪里，我们就去哪里。"

不论你的目标是到达生命中想到的地方，或只是跳上书桌，这个练习都十分管用。另外一个不能忽视的要素是信心，我家的猫有信心相信自己不会摔得鼻青脸肿，我们更应该如此。

感 悟
ganwu

如果心怀恐惧，你害怕发生的事情往往就会真的发生。怀着信心而不是恐惧去做事，就一定能够成功。

·无知者无畏·

感悟
ganwu

有些事情，在不清楚它到底有多难时，我们往往能够做得更好，这就是人们常说的无知者无畏。畏惧常常限制了我们潜能的发挥。在做很艰难的事情时，不妨刻意去藐视困难。

1796年的一天，德国哥廷根大学，一个19岁的很有数学天赋的青年吃完晚饭，开始做导师单独布置给他的每天例行的三道数学题。

像往常一样，前两道题目在两个小时内顺利地完成了。第三道题写在一张小纸条上，是要求只用圆规和一把没有刻度的直尺作出正17边形。青年做着做着，感到越来越吃力。

困难激起了青年的斗志：我一定要把它做出来！他拿起圆规和直尺，在纸上画着，尝试着用一些超常规的思路去解这道题。终于，当窗口露出一丝曙光时，青年长舒了一口气，他终于做出了这道难题！

作业交给导师后，导师当即惊呆了。他用颤抖的声音对青年说："这真是你自己做出来的？你知不知道，你解开了一桩有2000多年历史的数学悬案？阿基米得没有解出来，牛顿也没有解出来，你竟然一个晚上就解出来了！你真是天才！我最近正在研究这道难题，昨天给你布置题目时，不小心把写有这个题目的小纸条夹在了给你的题目里。"

多年以后，这个青年回忆起这一幕时，总是说："如果有人告诉我，这是一道有2000多年历史的数学难题，我不可能在一个晚上解决它。"

这个青年就是数学王子高斯。

用勇气铺路

一位年轻人在杜兰特公司找到一份工作，半年后，他很想了解公司总裁对自己的评价，虽然他觉得事务繁忙的总裁可能不会理睬，但这位年轻人还是决定给总裁写一封信。他在信中向总裁问了几个问题，最后一个，也是最重要的一个问题是："我能否在更重要的位置上干更重要的工作？"

没想到总裁回信了，他没有回答这位年轻人的其他问题，只对他最后的问题作了批示："刚好公司决定建一个新厂，你去负责监督新厂的机器安装吧。但你要有不升迁也不加薪的准备。"随同那封回信，还有总裁给他的一张施工图纸。

年轻人没有经过这方面工作的任何训练，却要在短时间内完成任务，在一般人看来，这是非常困难的。那年轻人也深知这一点，但他更清楚，这是一个难得的机遇，如果自己因为困难而退缩，那么可能永远也不会有幸运垂青于他。于是他废寝忘食地研究图纸，向有关人员虚心请教，并和他们一起进行分析研究。最后，工作得以顺利开展，并且提前完成了总裁交给他的任务。

当这位年轻人向总裁汇报这项工作的进展时，意外的是，他没有见到总裁。一位工作人员交给他一封信，总裁在信中说："当你看到这封信时，也是我祝贺你升任新厂总经理的时候。同时，你的年薪比原来提高 10 倍。据我所知你是不能看懂这图纸的，但是我想看看你会怎样处理，是临阵退缩还是迎难而上。结果我发现，你不仅具有快速接受新知识的能力，还有出色的领导才能。当你在信中向我要求更重要的职位和更高的薪水时，我便发现你与众不同，这点颇令我欣赏。对于一般人来说，可能想都不会想这样的事，或者只是想想，但没有勇气去做，而你做了。新公司建成了，我想物色一个总经理。我相信，你是最好的人选，祝你好运。"

感悟
gonwu

遇到困难和挑战，是畏惧退缩，还是拿出勇气主动出击，决定了你是否能够获得成功。我们很多时候之所以不能成功，缺乏的不是才能和机遇，而是缺乏那种大胆尝试的勇气。

小沟并没有我们想象的可怕

感悟
ganwu

有时候，事情并不像我们认为的那样困难，是我们忧患的心束缚了我们的行动。生活中，鼓足勇气跨过一个一个沟沟坎坎的人，才会收获那之后的美丽风景。

一个周日，帕梅拉和几个朋友去郊外爬山。那天他们玩得很尽兴。不知不觉太阳都快落山了，他们还在山顶，如果原路返回还需要两到三个小时的时间。这时候有人提议说知道另外一条捷径，不到一个小时就可以下山，但是要跨过一条小沟。望着越来越低的太阳，他们一致同意走近路。

那小沟大概有几米深，沟里是潺潺的溪水，在四月的黄昏里发出响亮而空洞的声音，那种声音让人想到不慎失足掉下去的惨烈……前进还是后退？他们在沟前犹豫了很久。天，一点一点暗了下来。

这时候，一个女孩站了出来，一个年轻的女孩。她拿了一根树枝在沟之间比画了一下。然后放在地上，说："沟就是那么宽的距离，大家跳跳试试看。"大家很轻易地在平地上跳过了那个和沟宽差不多的距离。但是面对溪水哗哗的小沟，有人还是犹豫。女孩第一个跳过去了。大家相互鼓励着，一个个也都跳过去了，包括胆小的帕梅拉。

那个傍晚，他们很快就下了山。而且，在新的道路上，他们还发现了一大片粉红嫩白的桃花。在这样一个落英时节，那绚烂的色彩不能不算一道令人惊喜的风景。而下山没多久，雨下起来了，又大又急。大家都笑着说："那小沟并没有我们想象中的可怕呀！可怕的只是我们心中的想象。我们一抬腿，不就过来了吗？而世事难料，安全也不是绝对的。如果我们当时选择熟悉的那条路回来，说不定都成了落汤鸡了。"

别把恐惧在想象中放大

琼斯在大学毕业后如愿进入当地的《明星报》任记者。这天，他的上司交给他一个任务：采访大法官布兰代斯。

第一次接到重要任务，琼斯不是欣喜若狂，而是愁眉苦脸。他想：自己任职的报社不是当地的一流大报社，自己也只是一名刚刚出道、名不见经传的小记者，大法官布兰代斯怎么会接受他的采访呢？琼斯越想越害怕，觉得自己完不成这个任务。同事史蒂芬了解他的苦恼后，拍拍他的肩膀，说："我很理解你。让我来打个比方：这就好比躲在阴暗的房子里，然后想象外面的阳光多么的炽烈。其实，最简单有效的办法就跨出房子看看外面。"

史蒂芬拿起琼斯桌上的电话，查询布兰代斯的办公室电话。很快，他与大法官的秘书接上了号。接下来，史蒂芬直截了当地提出了他的要求："我是《明星报》新闻部记者琼斯，我奉命采访法官，不知他今天能否接见我呢？"旁边的琼斯被史蒂芬的举动吓了一跳。

史蒂芬一边接电话，一边不忘抽空向目瞪口呆的琼斯扮个鬼脸。接着，琼斯听到了他的答话："谢谢你。明天下午1点15分，我准时到。"

"瞧，直接向人说出你的想法，不就管用了吗？这有什么可怕的呢？"史蒂芬向琼斯扬扬话筒，"明天下午1点15分，你的约会定好了。"一直在旁边看着整个过程的琼斯似有所悟。

多年以后，昔日羞怯、胆小的琼斯成为了《明星报》的台柱记者。回顾此事，他仍觉得刻骨铭心："从那时起，我学会了克服自己恐惧的心理，单刀直入地做事，虽做来不易，但很有用。而且，第一次克服了心中的恐惧，下一次就容易多了。"

| 感悟
ganwu

人的恐惧心理是一种与生俱来的感受，没有必要为此而停步不前。克服恐惧心理，关键是让自己勇敢迈出第一步，第一步迈出了，以后就容易得多了。

·人生的秘诀·

30 年前，一个年轻人离开故乡，开始创造自己的前途。他动身的第一站，是去拜访本族的族长，请求指点。

老族长正在练字，他听说本族有位后辈开始踏上人生的旅途，就写了 3 个字：不要怕。然后抬起头来，望着年轻人说："孩子，人生的秘诀只有 6 个字，今天先告诉你 3 个，供你半生受用。"

30 年后，这个从前的年轻人已是人到中年，有了一些成就，也添了很多伤心事。归程漫漫，到了家乡，他又去拜访那位族长。他到了族长家里，才知道老人家几年前已经去世，家人取出一个密封的信封对他说："这是族长生前留给你的，他说有一天你会再来。"还乡的游子这才想起来，30 年前他在这里听到人生的一半秘诀，拆开信封，里面赫然又是 3 个大字：不要悔。

·心态和行为·

一位心理学家想知道人的心态对行为到底会产生什么样的影响，于是他做了一个实验。

首先，他让 10 个人穿过一间黑暗的房子，在他的引导下，这 10 个人皆成功地穿了过去。

然后，心理学家打开房内的一盏灯。在昏暗的灯光下，这些人看清了房子内的一切，都惊出一身冷汗。这间房子的地面是一个大水池，水池里有十几条大鳄鱼，水池上方搭着一座窄窄的小木桥，刚才，他们就是从这座小木桥上走过去的。

心理学家问："现在，你们当中还有谁愿意再次穿过这间

房子呢?"没有人回答。过了很久,有 3 个胆大的人站了出来。

其中一个小心翼翼地走了过去,速度比第一次慢了许多;另一个颤颤巍巍地踏上小木桥,走到一半时,竟只能趴在小桥上爬了过去;第三个刚走几步就一下子趴下了,再也不敢向前移动半步。

心理学家又打开房内的另外 9 盏灯,灯光把房间照得如同白昼。这时,人们看见小木桥下方装有一张安全网,只是由于网线颜色极浅,他们刚才根本没有看见。

"现在,谁愿意通过这座小木桥呢?"心理学家问道。这次又有 5 个人站了出来。

"你们为什么不愿意呢?"心理学家问剩下的两个人。

"这张安全网牢固吗?"两个人异口同声地反问。

梦中凶神

有一个性格懦弱的年轻人,在梦中看见一群凶神恶煞拿着刀追杀他。

在极度惊慌中,他觉察是一场梦,就发出疑问:"你们为什么要杀我?"

这时,那些狰狞的面孔反问:"不是你的害怕叫我们来的吗?"

年轻人醒来后,明白害怕的原因,遂改变自己内心的想法,不再重蹈覆辙了。

畏首畏尾

春秋时,北方的强国晋国,召集一些小国家开会。郑国没有出席,晋国怀疑郑国想投靠南方的大国楚国,准备攻打

郑国。

郑国给晋国写了一封信，大概的意思是说："自己国小势弱，对你们晋国从不怠慢。可是你们还怀疑我，想攻打我。我们郑国宁可灭亡，也不能一味地忍受下去了！古人说：'畏首畏尾，身余其几。'……"晋国看到郑国强硬的态度，觉得要是出兵对自己也没有好处，最后就放弃了。

惊弓之鸟

战国时期（公元前403年—221年，中原地区各诸侯国连年争战的时代），魏国有个名叫更羸的人。一天，他对国王说："我只要拉开弓，空射一下，就能把天上的鸟射下来。"国王不相信。更羸便对准天上飞来的一只雁射去，果真那只雁听到拉弦的声音就掉了下来。国王感到很奇怪。更羸说："那是一只受过伤的雁。它一听到我拉开弓弦的声响，就惊慌得支持不住，自然要掉下来了。"

有怪兽

很久很久以前，有一次森林中的动物忽然发现在那棵粗壮繁茂的古树下面，似乎隐藏着什么可怕的动物。

消息传开后，事情越发扑朔迷离，大家议论纷纷。最后，终于得出结论，森林动物的末日到了！于是动物们心惊胆战地聚在一起商议，一个个愁眉不展，最后，不得不求助于聪明的狐狸。他们说："狐狸老兄，请你发发善心，设法去弄清楚到底古树下藏着什么怪兽。"

在动物们的苦苦恳求下，狐狸终于答应去看看。不过，他才不想为了别人的安危去冒生命危险，于是他思索了半天，决定先派自己的朋友，好奇心强的喜鹊去看个究竟。

喜鹊在古树四周飞来飞去，侦察了半天，才发现在茂密的树叶中有闪闪发光的亮点，还有不停扇动翅膀的声音。于是，喜鹊急急忙忙回来，把这一切告诉了狐狸。

狐狸立刻召集森林中的动物，说："大难临头了！朋友们，我们的森林要面临毁灭了！古树下出现了大怪物。千万别拿生命开玩笑！"话音刚落，狐狸夹起大尾巴，快速窜入密林深处逃走了，其他动物也一窝蜂地跟着他逃出了森林。

其实，那古树下并没有什么怪兽，茂密的树丛中，一只猫头鹰正在纳闷，不知道为什么动物们都惊恐地逃跑，于是也跟着飞走了。森林里突然变得一片死寂。

力量的迸发

有一则故事十分脍炙人口，说的是一个富甲天下的富翁，决定公开选择一个年轻人来做自己的女婿和财产继承人。

择婿那天，当地的年轻人纷纷跃跃欲试地赶来了。

富翁宣布："谁能够从游泳池的这端游到那一端，谁就可以娶我的女儿并继承我的财产。"众人面面相觑，但谁也不敢往下跳，原来，游泳池里有一条张大了嘴的鳄鱼。

这时，只听扑通一声，一名年轻人纵身而入，并以飞快的速度游到了对岸。

众人纷纷向他道贺，却见他红着一双眼睛大喝道："是谁把我推下去的？"

感悟
ganwu

未知的事物因其神秘使人有畏惧的心理。然而，恐怖消息的流传、加工最后会将这种恐怖扩大好几倍，最终大家都被吓倒，没有谁敢去查明真相。以讹传讹，这是自己在吓自己。

感悟
ganwu

故事使人发笑，然而，细想之下，又有所感悟。很多时候，我们只因不敢，担心失败而放弃了去做我们能力所及的事情。

每个人都有一定的安全区，你想跨越自己目前的成就，就不要划地自限，而是勇于接受挑战，在磨难中充实自我，这样，一定会发展得很好。

勇于冒险

对于那些害怕危险的人，危险无处不在。

有一天，龙虾与寄居蟹在深海中相遇，寄居蟹看见龙虾正把自己的硬壳脱掉，露出娇嫩的身躯。寄居蟹非常紧张地说："龙虾，你怎可以把唯一保护自己身躯的硬壳也放弃呢？难道你不怕有大鱼一口把你吃掉吗？以你现在的情况来看，连急流也会把你冲到岩石上去，到时你不死才怪呢！"

龙虾气定神闲地回答："谢谢你的关心，但是你不了解，我们龙虾每次成长，都必须先脱掉旧壳，才能生长出更坚固的外壳。现在面对的危险，只是为了将来发展得更好而做的准备。"

寄居蟹细心思量一下，自己整天只找可以避居的地方，而没有想过如何令自己成长得更强壮，整天只活在别人的庇荫之下，难怪永远都发展不了。

居安思危

艺高人胆大。平日里勤奋的训练和充分的准备会让你在险境面前从容不少。

一只野狼卧在草地上勤奋地磨牙，狐狸看到了，就对它说："天气这么好，大家在休息娱乐，你也加入我们队伍中吧！"野狼没有说话，继续磨牙，把它的牙齿磨得又尖又利。狐狸奇怪地问道："森林这么静，猎人和猎狗已经回家了，老虎也不在近处徘徊，又没有任何危险，你何必那么用劲磨牙呢？"野狼停下来回答说："我磨牙并不是为了娱乐，你想想，如果有一天我被猎人或老虎追逐，到那时，我想磨牙也来不及了。而平时我就把牙磨好，到那时就可以保护自己了。"

剑 客

一名剑客去拜访一位武林泰斗，请教他是如何练就非凡武艺的。武林泰斗拿出一把只有一尺长的剑，说："多亏了它，才让我有了今天的成就。"

剑客大为不解，问："别人的剑都是三尺三寸长的，而你的剑为什么只有一尺长呢？兵器谱上说：剑短一分，险增三分。拿着这么短的剑无疑是处于一种劣势，你怎么还说这剑好呢？"武林泰斗说："就因为在兵器上我处于劣势，所以我才会时时刻刻想到，如果与别人对阵，我会是多么的危险。所以我只有勤练剑招，以剑招之长补兵器之短，这样一来，我的剑招不断进步，劣势就转化为优势了。"

小蚂蚁的恐惧

有一个人漫不经心地将一盆水倒在地上，水很快向四周漫溢开去。地上有一棵小草被水冲起，浮在水面上犹如一叶小舟。小草上面正好有一只小蚂蚁，它看到四面漫溢的水，不知道这水面到底有多宽，水究竟有多深。小蚂蚁伏在草叶上吓得惊慌失措，不知道自己该向哪里逃生。"完了，这下全完了！"小蚂蚁绝望了。

可是，还没等小蚂蚁想清楚这一切，水已流完，渗入了泥土里，草倒伏在地上。小蚂蚁一看，水干了，周围只剩下一片还有些潮湿的地面。它连忙爬出"小舟"。于是，它很快就见到了它的那一群同伴。一见到同伴们，这只小蚂蚁忽然伤心起来，好像它经历了一场天大的劫难似的。它泪流满面地向朋友们哭诉了它的经历。它泣不成声地对朋友说："我的朋友们呀，你们差一点就见不着我了。就在刚才那一瞬间，我差一点被那

险恶的大水淹死！"

"是吗？太可怕了！"众蚂蚁听完那只"幸运"的活着回来的蚂蚁的经历后，惊恐万分，一个个擦着眼泪，在原地不敢动。它们不敢去寻找食物，因为它们觉得这个世界太危险了，处处充满了灾难。于是，没过多久，这群蚂蚁就饿死了。

大鱼吃小鱼

"大鱼吃小鱼"，这是大自然的规律，然而科学家通过一项特别实验，却得到了相反的结论。

他们将一个很大的鱼缸用一块玻璃隔成了两半，首先在鱼缸的一半放进了一条大鱼，连续几天没有给大鱼喂食。之后，在另一半鱼缸里放进了很多条小鱼，当大鱼看到了小鱼后，就径直地朝着小鱼游去，但它没有想到中间有一层玻璃隔着，所以被玻璃顶了回来。第二次，它使出了浑身的力气，朝小鱼冲去，但结果还是一样，这次使得它鼻青眼肿，疼痛难忍，于是它放弃了眼前的美食，不再徒劳了。

第二天，科学家将鱼缸中间的玻璃抽掉了，小鱼们悠闲地游到了大鱼的面前，而此时的大鱼再也没有吃掉小鱼的欲望了，眼睁睁地看着小鱼在自己面前游来游去。

亲爱的，我忘记躲开了

美国前总统里根，在任初期，有一次被枪击中，身负重伤，子弹穿入了胸部，情况危急。

在生死攸关的时刻，里根面对赶来探视的太太所说的第一句话竟是：

"亲爱的，我忘记躲开了。"

美国民众得知总统在身受重伤时仍能保持幽默本色，康复

感悟
ganwu

很多人心灵中也有无形的"玻璃"，让他们不敢大胆地表明自己的观念，或者在挫折面前也采取"一朝被蛇咬，十年怕井绳"的态度。一个人要走向成功，就要不断地打碎心中的这块"玻璃"，超越无形的障碍。

感悟
ganwu

事情发生了，很多人会认为它可怕，而换个角度看问题，如里根那样开朗和幽默的胸怀会化解他人与自己的恐惧。

应该指日可待。他的幽默稳定了因受伤而可能产生的动荡局势。

·运气不好·

有一次，萧伯纳在街上行走，被一个冒失鬼骑车撞倒在地，幸好没有大碍。肇事者急忙扶起他，连声抱歉，萧伯纳拍拍屁股诙谐地说：

"你的运气真不好，先生，如果你把我撞死了，就可以名扬四海了。"

· 打　劫 ·

天才幽默大师卓别林曾被歹徒用枪指着头打劫。卓别林知道自己处于劣势，所以不作无谓抵抗，乖乖奉上钱包。

但是，他对劫匪说："这些钱不是我的，是我老板的，现在这些钱被你拿走了，老板一定认为我私吞公款。兄弟，我想和你商量一下，拜托你在我帽子上开两枪，证明我被打劫了。"

歹徒心想，有了这笔钱，这个小小要求当然可以满足了，于是便对着帽子开了两枪。

卓别林再次恳求："兄弟，可否在我衣服和裤子上再各补两枪，让我老板更深信不疑。"

头脑简单、被钱冲昏头的劫匪统统照做，6发子弹全部打光了。这时，卓别林一拳挥去，打昏了劫匪，取回钱包喜笑颜开地离去了。

| 感悟 |
| ganwu |

凡事乐观思考，保持积极态度，在遇到困难时，才容易化险为夷。

| 感悟 |
| ganwu |

身处险境时，不要先被吓倒，头脑冷静地分析形势，就有可能想出脱身之法。

落水者

感悟
ganwu

对生命的渴望，使落水者爆发出平时所没有的潜能。当你像渴望生命一样渴望成功时，成功往往就不是可望而不可即的事情。当我们向太阳奋力奔跑的时候，一切畏惧和负重的影子就都被抛到身后了。

有一天，拿破仑和一个侍卫策马扬鞭，驰骋过一片大森林。"救人！救人！有人掉进水里啦！"远处传来一阵阵紧急的呼救声。"啪！啪！啪！"拿破仑用鞭猛抽三下马，坐骑风驰电掣般地向呼救的地方奔驰而去。

赶到湖边，拿破仑看到一个士兵正在水里手忙脚乱地挣扎，尖叫着向湖中心漂沉，岸上的几个士兵则惊慌失措地大声呼喊。

拿破仑高声发话："他会游泳吗？"

"他只能比画几下，现在已不行了。陛下，怎么办呢？"一个士兵惴惴不安地答话。

"别慌！"拿破仑马上从侍卫手里拿过一支步枪，并冲落水士兵大声吆喝："你还往湖中心游啥？还不快向岸边游来！"话音刚落，他平端枪身，朝那人的前方连开两枪。

落水者刚听到拿破仑的命令，就听见"叭！叭！"两声枪响，身前溅起两朵水花。他在惊恐中急忙调转方向，"扑通扑通"地朝拿破仑所站的湖边游来。一会儿，这士兵便游到了岸边。

落水的士兵得救了，他浑身湿漉漉的，像一只"落汤鸡"。他转过身子，发现持枪站在那几个士兵旁边的竟是皇帝，吓得魂飞魄散，忙连连拜谢："陛下，我不小心掉进湖里，幸亏您救了我。只是卑下不懂，我快要淹死了，您为什么还要枪毙我？"

拿破仑哈哈大笑："傻瓜，不吓你一下，你还有勇气游上岸吗？那你才会真的淹死呢！"

士兵们拍拍脑袋，恍然大悟，朝拿破仑投去敬佩的目光。原来，拿破仑是用死来逼出士兵的求生意识，进而游回岸边，

达到了救人成功的目的。

· 担当风险 ·

有一天，园艺师向井植岁男请教说："社长先生，我看您的事业愈做愈大，而我则像树上的一只蝉，一生都在树上，太没出息了。请您告诉我一点创业的秘诀吧！"

井植点点头说："好吧，我看你很适合做园艺方面的事情。这样吧，我工厂旁边有2万坪空地，我们就种树苗吧！一棵树苗多少钱？"

"40元。"

井植又说："好！以一坪地种两棵计算，扣除道路，2万坪地大约可以种2.5万棵，树苗成本刚好100万元。3年后，一棵树苗可以卖多少钱？"

"大约3 000元。"

"那么，100万元的树苗成本与肥料费都由我来支付。你就负责浇水、除草和施肥工作。3年后，我们就有600万的利润，那时我们一人一半。"井植认真地说。

不料园艺师却拒绝说："哇！我不敢做那么大的生意，我看还是算了吧。"

· 30 年的恐惧 ·

多年前，伦敦《每日邮报》刊登了一则非常奇特的新闻。

英国网球女将吉伯特，因为拔牙而猝死。这件事情的发生不是因为生理上或医生的技术有什么问题，而是因为一个特殊的原因。在吉伯特还是小女孩的时候，曾陪同她的母亲去看牙，没想到母亲竟然死在牙医的椅子上。这在她幼小的心灵上烙下了永不磨灭的印象，于是她就一直认为自己以后一定也会这样死去。

30年来，她的恐惧日渐加深，不管她的牙坏到了什么地步，她都不去看牙医。

直到有一天，她的牙痛实在到了无法忍受的地步，才同意请一位牙医到她的家中为她治疗。当时，她的家庭医生和牧师都在一旁协助她，当她坐在椅子上，牙医为她带上围巾，刚把拔牙的器具拿出来时，她看了一眼，竟然就死了。

平常心

有时候，恐惧来自对自己过高的期望，而事实上，在别人心中，你并没有自己想象的那么重要和伟大，明白了这一点，就没有什么好害怕的了。

多年前，作家艾迪初次到纽约，马克·吐温请他吃饭，陪客有30多个，都是当时的显贵。吃饭的时候，艾迪越想越害怕。

"你难道不舒服吗?"马克·吐温问。

"我怕得要死。"艾迪说，"我知道他们会要我演讲，也知道到时候我会站不起来，即使站起来脑子也不会听使唤。"

"艾迪，"主人对艾迪说，"只要记住一点，你就不会害怕了——他们并不指望你有什么惊人的言论!"

从此以后，他站起来讲话，一直没害怕过。

笔误

如果畏惧权威，你就不能将真理握在手中了。

斯大林曾在高尔基的《姑娘与死神》一书的最后一页留下轰动一时的批示:"书写得比歌德的《浮士德》还要强有力，爱情战胜死亡。"然而，批示上"爱情"一词的俄文拼写有误:少了末尾一个字母。

一时间，大家手足无措:谁也不能更改领袖的手迹，谁也不敢去问他本人。

当时，竟然真冒出两名教授为《真理报》专栏撰文论证："世界上存在着腐朽没落的资产阶级爱情以及新生健康的无产阶级爱情，两种爱情决然不同，拼写岂能一样？"文章清样出来后，编辑为防万一，决定还是让斯大林过目一下。没想到，领袖读后，又作了一个新批示："笨蛋，此系笔误！"

面对决斗者你怕吗？

一天清晨，施特劳斯下榻的旅馆里来了两位怒气冲冲的俄国军官，他们找到施特劳斯，向其递交了一份决斗书。施特劳斯好生诧异，不知俄国军官为何要与自己进行决斗。经过委婉探询，其中一位军官告知，同来的另一位军官近来发现：其妻每天都让花店给施特劳斯送去 12 朵玫瑰花。而按欧洲习俗，传说玫瑰花与希腊神话中的爱神有关。军官怀疑其妻的送花之举，有献媚于施特劳斯之意，无法容忍，遂迁怒于施特劳斯，要与其决一死战。

施特劳斯得知事情原委后甚感可笑。因为直到他起床之前，连这个俄国军官的妻子是何模样还未曾见过。况且，他也不喜欢用枪弹来解决这种争风吃醋的下流事情。他思索片刻，带着两位军官来到 3 间摆满各色鲜花的房间里，然后笑着对军官们说："不知二位先生能否将你们所说的那些花挑出来？"原来，施特劳斯的众多崇拜者每天都要给他送来许多鲜花，以至其房间里实在摆不下，只得另租 3 间空房专门用来搁放鲜花。

望着 3 间房子里一大堆五颜六色的鲜花，两位军官相对无言，遂向施特劳斯行了军礼，极不好意思地告辞而去。

感 悟
ganwu

勇敢面对，冷静处理，可以避免很多不必要的麻烦。

179

断然拒绝

　　隆美尔在波茨坦军事学院担任教官时，他教育儿子曼弗雷德道："要勇敢并不难，你只要克服第一次恐惧就行了。"

　　接下来父亲便一只胳膊下夹着一个很大的橡皮游泳圈，另一只手抓着儿子的手，把儿子带到游泳池边，让他爬上跳板的顶端后往下跳。这时儿子发现，理论与实际之间的差距实在太大。隆美尔把所有的军校学员都召集起来看着小曼弗雷德。这时儿子抗议说："我不想跳。"

　　父亲问："为什么？"儿子朝父亲大声嚷道："因为我珍惜自己的生命。你本来知道我不会游泳。"

　　父亲提醒说，自己带着游泳圈呢。

　　"如果游泳圈炸了怎么办？"儿子这样问道。

　　父亲涨红了脸大声向儿子吼道："万一那样，我会跳下来救你的。"

　　儿子指着父亲的靴子说："可你穿着马靴。"

　　父亲回答说，如果有必要，他会把靴子脱掉的。儿子悻悻地说："那你现在就把它脱掉。"

　　父亲环视了一下他的学员，冷冷地断然拒绝了。

　　于是，儿子断然从跳台梯子上走了下来。

别怕真正面对生活

　　美国一家大公司的哈利先生就是由于自己的懦弱而一生感到悲伤。他和现在的公司董事长乔治是一起进入该公司的。但

是乔治不怕吃苦，敢于负责任，敢于冒风险，因而步步高升。而在公司内外，哈利也有很多晋升的机会。

例如他在公司待了5年后，有一次，公司要他到美国去掌管南方的分号，但是因为他自己没有勇气承担征途的职责而拒绝了它。多少次这种绝好的机会来临时，他都找一些借口，把它们错过了，仍然在公司里拿着7 000元的年薪过日子。由于他的懦弱，连他的儿子都瞧不起他。

在哈利的一生中，他惧怕真正地面对生活，害怕挺身而出，承担责任，活着只是虚耗时日而已。到如今，他只能留下对往事不堪回首的感伤。哈利先生就像数以万计的人们一般，把自己关入终生的心理奴隶的牢笼之中。

恐惧与希望

法国剧作家托里斯坦·贝尔纳是犹太人。第二次世界大战期间，巴黎为德军所占领，他终于被捕。被捕后他却说："在此之前，我每天都生活在恐惧之中；可是今后我就怀着希望，一定能够生存下去。"

第 7 章

撕下那张虚荣的面具

虚荣和真实相对。虚荣使我们装扮成不属于我们的样子来取悦别人。虚荣是一种表演,观众可能是别人,也可能是自己。虚荣的人因为远离了真实的自己,而不能够真实地活着,因而也把真正的喜悦拒之门外。

法国文学家帕斯卡说:虚荣心在人们心中如此稳固,因此每个人都希望受人羡慕;即使写这句话的我和念这句话的你都不例外。对待虚荣,我们不能根除,只能常常保持一颗反省的心。尽力真实地、真诚地生活,远离虚荣,让生命有根基,它才会有真正的生机。

虚荣的紫罗兰

幽静的花园里，生长着一棵紫罗兰。她有美丽的小眼睛和娇嫩的花瓣。她生活在女伴们中间，满足于自己的娇小，在密密的草丛中愉快地摆来摆去。

一天早晨，她抬起顶着用露珠缀成的王冠的头，环顾四周，她发现一株亭亭玉立的玫瑰，那么雍容而英挺，使人联想起绿宝石的烛台托着鲜红的小火舌。

紫罗兰张开自己天蓝色的小嘴，叹了一口气，说："在香喷喷的草丛里，我是多么不显眼啊，在别的花中间，我几乎不被人看见。造化把我造得这般渺小可怜。我紧贴着地面生长，无力面向蓝色的苍穹，无力把面庞转向太阳，像玫瑰花那样。"

玫瑰花听到她身旁的紫罗兰的这番话，笑得颤动了一下，接着说："你这枝花多么愚蠢啊！你简直不理解自己的幸福，造化把很少赋予别类花朵的那种美貌、那种芬芳和娇嫩给予了你。抛弃你那些错误的想法和空洞的幻想，满足于自己的命运吧，要知道，谁要求过多，谁就会失去一切。"

紫罗兰回答道："啊，玫瑰花，你来安慰我，因为我只能幻想的那一切，你都有了。你是那样美好，所以你用聪明的辞令粉饰我的渺小。但是对于不幸者说，那些幸福者的安慰意味着什么呢？向弱者说教的强者总是残酷的！"

造化听到玫瑰与紫罗兰的对话，觉得奇怪，于是高声问："啊，女儿，你怎么了，我的紫罗兰？我知道你一向谦逊而有耐心，你温柔而又驯顺，你安贫而又高尚。难道你被空虚的愿望和无谓的骄傲制服了？"

紫罗兰用充满哀求的声调回答她："啊，你原是无上全能、悲悯万物的啊，我的母亲！我怀着满腔激情、满腔希望请求你，答应我的要求，把我变成玫瑰花吧，哪怕只一天也好！"

造化说："你不知道你请求的是什么。你不明白外表的华丽暗藏着不可预期的灾祸。当我把你的躯干抽长，改变了你的容貌，使你变成了玫瑰花，你会后悔的。可是，到那时，后悔也无济于事了。"

紫罗兰答道："啊，把我变做玫瑰花吧！变做一株高高的玫瑰花，骄傲地抬着头！日后不论发生什么事，都由我自己承担！"

于是，造化说："啊，愚蠢而不听话的紫罗兰，我满足你的愿望。但是，如果不幸和灾祸突然降落在你的头上，那是你自己的过错！"

造化伸开她那看不见的魔指，触了一下紫罗兰的根——转瞬间紫罗兰变成了盛开的玫瑰，伫立在众芳之上。

午后，天边突然乌云密布，卷起旋风，雷电交加，隆隆作响，狂风和暴雨组成一支不计其数的大军突然向园林袭来；它们的袭击折断了树枝，扭弯了花茎，把傲慢的花朵连根拔起。花园里除了那些紧贴着地面生长或是隐藏在岩石缝里的花草之外，什么也不剩了。而那座幽静的花园遭到了比其他花园更多的灾难。

等到风停云散，花儿全死去了——她们像灰尘一样，满园零落，唯有躲在篱边的紫罗兰，在这场风暴的袭击之后，安然无恙。

一株紫罗兰抬起头来，看着花草树木的遭遇，愉快地微笑了一下，招呼自己的女伴："瞧啊，暴风雨把那些自负美丽的花朵变成了什么哟！"

另一株紫罗兰说："我们紧贴着地面生长，才躲过了狂风暴雨的愤怒。"

第三株喊道："我们是这般脆弱，但龙卷风并没有战胜我们！"

这时紫罗兰皇后向四周环顾了一下，突然看见昨天还是紫

罗兰的那株玫瑰花。

暴风雨把她从土里拔起，狂风扫去了她的花瓣，把她抛在湿漉漉的青草上。她躺在地上，像一个被敌人的箭射中了的人一样。

紫罗兰皇后挺直了身子，展开自己的小叶片，招呼女伴们说："看啊，看啊，我的女儿们！看看这株紫罗兰，为了能炫耀自己的美貌，她想变成一株玫瑰，哪怕是一小时也可以。就让眼前这景象作为你们的教训吧。"

濒死的玫瑰叹了一口气，集中了最后的力量，用微弱的声音回答道："听我说吧，你们这些愚蠢而谦逊的花儿，听着吧，暴风雨和龙卷风都把你们吓坏了！昨天我也和你们一样，藏在绿油油的草丛里，满足于自己的命运。这种满足使我在生活的暴风雨里得到了庇护。我的整个存在的意义都包含在这种安全里，我从来不要求比这卑微的生存更多一点的宁静与享受。啊，我原是可以跟你们一样，紧贴着地面生长，等待冬季用雪把我盖上，然后偕同你们去接受那死亡与虚无的宁静。但是，只有当我不知道生活的奥妙，我才会安心地那样做，这种生活的奥妙，紫罗兰的族类是从来也不知道的。从前我可以抑制自己一切的愿望，不去想那些得天独厚的花儿。但是我倾听着夜的寂静，我听见更高的世界对我们的世界说：'生活的目的在于追求比生活更高更远的东西。'这时我的心灵就不禁反抗起自己来了。我的心殷切地盼望升到比自己更高的地方。终于，我反抗了自己，追求那些我不曾有过的东西，直到我的愤怒化成了力量，我的向往变成了创造的意志。到那时，我请求造化——你们要知道，造化，那不过是我们一种神秘的幻觉的反映——我要求她把我变成玫瑰花。她这样做了。就像她常常用赏识和鼓励的手指变换自己的设计和素描一样！"

玫瑰花沉默了片刻，然后带着骄傲而优越的神情补充说："我做了一小时的玫瑰花，我就像皇后一样度过了这一小时。

我用玫瑰花的眼睛观察过宇宙。我用玫瑰花的耳朵倾听过人们的私语。我用玫瑰花的叶片感受过光的变幻。难道你们中间找得到一位蒙受过这样的光荣吗？"

玫瑰低下头，已经喘不上气来，说："我就要死了。我要死了，但我内心里却有一种从来没有一株紫罗兰所体验过的感觉。我要死了，但是我知道，我所生存的那个有限的后面隐藏着的是什么。这就是生活的意义。这就是本质的所在，隐藏在无论是白天或夜晚的机缘之后的本质！"

玫瑰卷起自己的叶子，微微叹了一口气，死去了。她的脸上浮着超凡绝俗的微笑——那是理想实现的微笑，胜利的微笑，上帝的微笑。

然而这世界却没有了一株美丽的紫罗兰。

· 渴望有人欣赏 ·

渴望有人欣赏，并不都是出于虚荣心，多数情况下，是因为可以获得自信。因此，凡人都对欣赏自己的人心存感激，甚至给予热情乃至感恩式的回报。

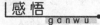

感悟
gɑnwu

我有位朋友，很普通的一个人，尽管她很希望拥有骄人的成就，但表现一直平平。她为商家设计橱窗，总是很难揽到活计，报酬也总不高。但她很执著，并很有成就感地整天微笑着，一副当局者迷的满足样子。我难以理解，后来听她的同事说，每次她设计的橱窗完成后，总会有一个男人打过电话来，跟她探讨设计的独特和新颖之处，而每次谈话过后，她都会变得容光焕发，充满自信地投入新的创作。在后来的一个 Party 上，我见到了那个男人，很不起眼的一个人，不修边幅，眼镜圈数很密。她跟他几乎一直站在一个角落里讨论她设计的橱窗，她无疑是快乐的，不断地爆发出愉快的笑声。原来他和她是同学，并一直是她的追求者，虽然两个人后来都成了家，但

阿谀奉承会膨胀一个人的虚荣心，但是真正的欣赏会增强一个人的信心。

他依然如故地欣赏她，并且爱屋及乌地欣赏并研究她钟爱的橱窗设计。因为有这样的一个人，她一直很自信，并渴望与他见面和交谈，这样，双方都会很快乐。我明白了，人有时候对欣赏的渴求竟然到了不考虑欣赏者是谁，而仅仅着迷于被欣赏的本身。

欣赏一个人，给被欣赏者的是自信，而欣赏者同时必有获得，皆大欢喜。就像情不自禁地去闻一朵花，而花会报你以芳香。在这个人情日渐淡如水冷如霜的时代，有人欣赏，尤其难得，哪怕只有一个人欣赏。对一个人的事业和生活来说，有一双巴掌在拍，总比无人喝彩要好。

皇帝的新装

许多年以前有一位皇帝，他非常喜欢穿好看的新衣服。他为了要穿得漂亮，把所有的钱都花到衣服上去了，他一点也不关心他的军队，也不喜欢去看戏——除非是为了炫耀一下新衣服。他也不喜欢乘着马车逛公园。他每天每个钟头要换一套新衣服。人们一提到他时，总是说："皇上在更衣室里。"

在他住的那个大城市里，生活很轻松，很愉快。每天有许多外国人到来。有一天来了两个骗子。他们说他们是织工。他们说，他们能织出谁也想象不到的最美丽的布。这种布的色彩和图案不仅非常好看，而且用它缝出来的衣服还有一种奇异的作用，那就是凡是不称职的人或者愚蠢的人，都看不见这衣服。

"那正是我最喜欢的衣服！"皇帝心里想，"我穿了这样的衣服，就可以看出我的王国里哪些人不称职；我就可以辨别出哪些人是聪明人，哪些人是傻子。是的，我要叫他们马上织出这样的布来！"他付了许多现款给这两个骗子，叫他们马上开始工作。

他们摆出两架织机来，装作是在工作的样子，可是他们的织机上什么东西也没有。他们接二连三地请求皇帝发一些最好的生丝和金子给他们。他们把这些东西都装进自己的腰包，却假装在那两架空空的织机上忙碌地工作，一直忙到深夜。

"我很想知道他们织布究竟织得怎样了。"皇帝想。不过，他立刻就想起了愚蠢的人或不称职的人是看不见这布的。他心里的确感到不大自在。他相信他自己是用不着害怕的。虽然如此，他还是觉得先派一个人去看看比较妥当。全城的人都听说过这种布料有一种奇异的力量，所以大家都很想趁这机会来测验一下，看看他们的邻人究竟有多笨，有多傻。

"我要派诚实的老部长到织工那儿去看看，"皇帝想，"只有他能看出这布料是个什么样子，因为他这个人很有头脑，而且谁也不像他那样称职。"

因此这位善良的老部长就到那两个骗子的工作地点去。他们正在空空的织机上忙忙碌碌地工作着。

"这是怎么一回事儿?"老部长想，把眼睛睁得有碗口那么大。

"我什么东西也没有看见!"但是他不敢把这句话说出来。

那两个骗子请求他走近一点，他们指着那两架空空的织机，同时问他，布的花纹是不是很美丽，色彩是不是很漂亮?

这位可怜的老大臣的眼睛越睁越大，可是他还是看不见什么东西，因为的确没有什么东西可看。

"我的老天爷!"他想，"难道我是一个愚蠢的人吗? 我从来没有怀疑过我自己。我绝不能让人知道这件事。难道我不称职吗? ——不成，我绝不能让人知道我看不见布料。"

"哎，您一点意见也没有吗?"一个正在织布的织工说。

"啊，美极了! 真是美妙极了!"老大臣说。他戴着眼镜仔细地看，"多么美的花纹! 多么美的色彩! 是的，我将要呈报皇上说我对于这布感到非常满意。"

"嗯，我们听到您的话真高兴。"两个织工一起说。他们把这些稀有的色彩和花纹描述了一番，还加上些名词儿。这位老大臣注意地听着，以便回到皇帝那里去时，可以照样背得出来。事实上他也就这样办了。

这两个骗子又要了很多的钱，更多的丝和金子，他们说这是为了织布的需要。他们把这些东西全装进腰包里，连一根线也没有放到织机上去。不过他们还是继续在空空的机架上工作。

过了不久，皇帝派了另一位诚实的官员去看看，布是不是很快就可以织好。他的运气并不比头一位大臣的好：他看了又看，但是那两架空空的织机上什么也没有，他什么东西也看不出来。

"您看这段布美不美？"两个骗子问。他们指着一些美丽的花纹，并且作了一些解释。事实上什么花纹也没有。

"我并不愚蠢！"这位官员想，"这大概是因为我不配担当现在这样好的官职吧？这也真够滑稽，但是我绝不能让人看出来！"因此他就把他完全没有看见的布称赞了一番，同时对他们说，他非常喜欢这些美丽的颜色和巧妙的花纹。"是的，那真是太美了。"他回去对皇帝说。

城里所有的人都在谈论这美丽的布料。

当这布还在织的时候，皇帝就很想亲自去看一次。他选了一群特别圈定的随员——其中包括已经去看过的那两位诚实的大臣。这样，他就到那两个狡猾的骗子住的地方去。这两个家伙正以全副精神织布，但是一根线的影子也看不见。"您看这不漂亮吗？"那两位诚实的官员说，"陛下请看，多么美丽的花纹！多么美丽的色彩！"他们指着那架空空的织机，因为他们以为别人一定会看得见布料的。

"这是怎么一回事儿呢？"皇帝心里想，"我什么也没有看见！这真是荒唐！难道我是一个愚蠢的人吗？难道我不配做皇

帝吗？这真是我从来没有碰见过的一件最可怕的事情。"

"啊，它真是美极了！"皇帝说，"我表示十二分的满意！"

于是他点头表示满意。他装作很仔细地看着织机的样子，因为他不愿意说出他什么也没有看见。跟他来的全体随员也仔细地看了又看，可是他们也没有看出更多的东西。不过，他们也照着皇帝的话说："啊，真是美极了！"他们建议皇帝用这种新奇的、美丽的布料做成衣服，穿上这衣服亲自去参加快要举行的游行大典。"真美丽！真精致！真是好极了！"每人都随声附和着。每人都有说不出的快乐。皇帝赐给骗子每人一个爵士的头衔和一枚可以挂在纽扣洞上的勋章，并且还封他们为"御聘织师"。

第二天早晨游行大典就要举行了。在头天晚上，这两个骗子整夜不睡，点起 16 支蜡烛。你可以看到他们是在赶夜工，要完成皇帝的新衣。他们装作把布料从织机上取下来。他们用两把大剪刀在空中裁了一阵子，同时又用没有穿线的针缝了一通。最后，他们齐声说："请看，新衣服缝好了！"

皇帝带着他的一群最高贵的骑士们亲自到来了。这两个骗子每人举起一只手，好像他们拿着一件什么东西似的。他们说："请看吧，这是裤子，这是袍子，这是外衣。""这衣服轻柔得像蜘蛛网一样，穿着它的人会觉得好像身上没有什么东西似的——这也正是这衣服的妙处。"

"一点也不错。"所有的骑士们都说。可是他们什么也没有看见，因为实际上什么东西也没有。

"现在请皇上脱下衣服，"两个骗子说，"我们要在这个大镜子面前为陛下换上新衣。"

皇帝把身上的衣服统统都脱光了。这两个骗子装作把他们刚才缝好的新衣服一件一件地交给他。他们在他的腰那儿弄了一阵子，好像是系上一件什么东西似的：这就是后裾。皇帝在镜子面前转了转身子，扭了扭腰肢。

"上帝，这衣服多么合身啊！式样裁得多么好看啊！"大家都说，"多么美的花纹！多么美的色彩！这真是一套贵重的衣服！"

"大家已经在外面把华盖准备好了，只等陛下一出去，就可撑起来去游行！"典礼官说。

"对，我已经穿好了，"皇帝说，"这衣服合我的身吗?"于是他又在镜子面前把身子转动了一下，因为他要叫大家看出他在认真地欣赏他美丽的服装。那些将要托着后裙的内臣们，都把手在地上东摸西摸，好像他们真的在拾后裙似的。他们开步走，手中托着空气——他们不敢让人瞧出他们实在什么东西也没有看见。

这么着，皇帝就在那个富丽的华盖下游行起来了。站在街上和窗子里的人都说："乖乖，皇上的新装真是漂亮！他上衣下面的后裙是多么美丽！衣服多么合身！"谁也不愿意让人知道自己看不见什么东西，因为这样就会暴露自己不称职，或是太愚蠢。皇帝所有的衣服从来没有得到这样普遍的称赞。

"可是他什么衣服也没有穿呀！"一个小孩子最后叫出声来。

"上帝哟，你听这个天真的声音！"爸爸说。于是大家把这孩子讲的话私自低声地传播开来。

"他并没有穿什么衣服！有一个小孩子说他并没有穿什么衣服呀！"

"他实在是没有穿什么衣服呀！"最后所有的老百姓都说。

皇帝有点儿发抖，因为他似乎觉得老百姓所讲的话是对的。不过他自己心里却这样想："我必须把这游行大典举行完毕。"因此他摆出一副更骄傲的神气，他的内臣们跟在他后面走，手中托着并不存在的后裙。

银行家和厨师

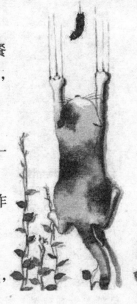

有一位中国的 MBA 留学生，在纽约华尔街附近的一间餐馆打工。一天，他雄心勃勃地对着餐馆大厨说："你等着看吧，我总有一天会打进华尔街的。"

大厨好奇地问道："年轻人，你毕业后有什么打算呢？"

留学生很流利地回答："我希望学业一完成，马上进入一流的跨国企业工作，不但收入丰厚，而且前途无量。"

大厨摇摇头："我不是问你的前途，我是问你将来的工作兴趣和人生兴趣。"

留学生一时无语，显然他不懂大厨的意思。

大厨却长叹道："如果经济继续低迷下去，餐馆不景气，那我就只好去做银行家了。"

留学生惊得目瞪口呆，几乎疑心自己的耳朵出了毛病，眼前这个一身油烟味的厨子，怎么会跟银行家沾得上边呢？

大厨对呆鹅般的留学生解释："我以前就在华尔街的一家银行上班，天天披星戴月，早出晚归，没有半点自己的业余生活。我一直都很喜欢烹饪，家人朋友也都很赞赏我的厨艺，每次看到他们津津有味地品尝我烧的菜，我就高兴得心花怒放。有一天，我在写字楼里忙到凌晨 1 点钟才结束了例行公务，当我啃着令人生厌的汉堡包充饥时，我下定决心要辞职，摆脱这种工作机器般的刻板生活，选择我热爱的烹饪为职业，现在我生活得比以前要愉快百倍。"

这样的事例，对于中国人来说是不可思议的。因为，中国人在选择职业时，第一看体面，第二看收入，两者兼得，就足以在人前人后风光炫耀了。成败荣辱，全都摆在面子上，而面子是要人捧的，无人喝彩，就如同锦衣夜行般无趣。可对于西方人来说，无论从事任何职业都没有高低贵贱之分，他们更注

感悟 *gonwu*

活给别人看，风光炫耀的生活；活给自己看，淡泊自在的日子。这两者你会选择哪一个呢？是不是在没有认真思考之前，我们已经随波逐流地作了决定呢？无论作何种决定，你都需要认真地思考一下。

重的是对事业的兴趣。而且，自我价值的实现，成功与否的体现，不必通过与别人比较来证实，更不需要别人的肯定来满足。

淡泊的人生是一种享受，一个完美的人生，不见得要赚很多的钱，也不见得要有很了不起的成就，在一份简朴平淡的生活中，活得快乐而自在，也是一种上乘的人生境界。

父亲接我回家

原来这个孩子希冀的不是爸爸去接他这件事情本身，他是希望别人看到他的爸爸来接他，希望同学知道他的爸爸也爱他。这可以说是小孩子的虚荣，但是对爱的虚荣，我们又能说什么呢？

他常年在外面拍电影，有时在本地，有时在国外，有时则是在飞机上度过。有一天，他因病在家里躺了一天，傍晚的时候，妻子高兴地拿着一个大花瓶走到他面前，对他说："我要给你颁发奖杯！"他问为什么，妻子神秘地一笑，说："因为你今天全天都没有出门！"

可想而知，这是一个忙碌到什么程度的人；可想而知，他的儿子跟他见面的机会能有多少。但是，那时儿子毕竟还是个孩子，有着和其他孩子一样的虚荣心。一天，他的助手向他转达了儿子的一个愿望：希望有一天，父亲能亲自开车去接他放学。

这天，风尘仆仆地下了飞机以后，他看看手表，还没到放学的时候，于是开着车直奔学校，连脸都没来得及洗一下。他想给儿子一个惊喜。他打电话告诉孩子的司机："今天你在家里歇着吧，我现在正在学校门口等着接孩子呢！"

时间一分一秒地过去，放学铃声响了。他热切地打量着从门口走出的每一个学生。但直到所有的人都走光了，他也没有见到孩子的身影。终于，司机给他打来电话："先生，你的儿子正在学校门口等你呢，怎么你还没有到？"他说："我也在学校门口。"司机问："你在哪个学校门口？"他说出某某小学的名字。司机说："先生，你的孩子已经读中学了！"

等他赶到那所中学的时候，孩子已经要步行回家了。他把儿子叫上车，儿子好半天都没有理睬他。他默默地开着车，不知道该说些什么。快到家的时候，儿子带着哭腔说："爸爸，我的同学都走光了！你来接我还有什么用！"

这个人就是成龙。

山鸡起舞

山鸡天生美丽，浑身都披着五颜六色的羽毛，在阳光的照耀下熠熠生辉、鲜艳夺目，叫人赞叹不已。山鸡也很为这身华羽而自豪，非常怜惜自己的美丽。它在山间散步的时候，只要来到水边，瞧见水中自己的影子，它就会翩翩起舞，一边跳舞一边骄傲地欣赏水中倒映出的自己那绝世无双的舞姿。

魏武帝曹操当政的时候，有人从南方献给他一只山鸡。曹操十分高兴，召来了有名的乐工，为他奏起动听的曲子，好让山鸡跳舞歌唱。乐工卖力地又吹又打，可是山鸡却一点都不买账，充耳不闻，既不唱也不跳。曹操的手下人拿来美味的食物放在山鸡面前，山鸡连看都不看，无精打采地耷拉着脑袋走来走去。就这样，任凭大家想尽了办法，使尽了手段，始终都没办法逗得山鸡起舞。

曹操非常扫兴，气恼不已，斥责手下人说："你们这么多人，连一只山鸡都对付不了，还怎么做大事！"

曹操有一个十分钟爱的小儿子，名字叫曹冲。曹冲自幼聪明伶俐，又博览群书，因而见识渊博。这时候，他动了动脑子，有了主意，于是就走上前对曹操说：

"父王，儿臣听说山鸡一向为自己的羽毛感到骄傲，所以一见到水中有自己的倒影，就会跳起舞来欣赏自己的美丽。何不叫人搬一面大镜子来放在山鸡面前，这样山鸡顾影自怜，就会自动跳起舞来了。"

曹操听了拍手称妙，马上叫人将宫中最大的镜子抬过来，放在山鸡面前。

山鸡慢悠悠地踱到镜子跟前，一眼看到了自己无与伦比的丽影，比在水中看到的还要清晰得多。它先是拍打着翅膀冲着镜子里的自己激动地鸣叫了半天，然后就扭动身体、舒展步伐，翩翩起舞了。

山鸡迷人的舞姿让曹操看得呆了，连连击掌，赞叹不已，也忘了叫人把镜子抬走。

可怜的山鸡，顾影自怜，不知疲倦，无休无止地在镜子前拼命地又唱又跳。最后，它终于耗尽了最后一点力气，倒在地上死去了。

山鸡的确美丽，但它的虚荣心也实在太强了，以至于受人愚弄。我们可不能让虚荣心、好胜心战胜了理智，否则就会遭到惨败。

感悟
ganwu

每个人都有虚荣心，连高尔基这样的文学大师也不例外。所以要常常提醒自己戒除虚荣心。虚荣心作怪时，人们常常会做出一些不合理的行为，给人带来苦果。

高尔基吃闭门羹

大文豪高尔基永远想不到他也有被人拒之门外的遭遇，要知道，他的名字就是最好的招牌啊。

有一次，高尔基旅游时迷路了，晚上走到边界的一个小村庄里，当时正下着大雪，他已经冷得受不了，终于看到人家，就去敲门要求借宿。

一个老太太在屋里大声问：“你是谁?”

高尔基说：“阿里克谢·马克希·莫维奇·彼什科夫!”

“人太多了!”老太太“嘭”地关上了刚刚打开的门。

高尔基只好无奈地留在了门外。

悠然下山去

　　我的一位朋友，是个登山队员，一次他有幸参加了攀登珠穆朗玛峰的活动，在6 400米的高度，他体力不支，停了下来。当他讲起这段经历时，我们都替他惋惜，为何不再坚持一下呢？再攀一点高度，再咬紧一下牙关，也许就能荣登顶峰。

　　"不，我最清楚，6 400米是我登山生涯的最高点，我一点都没有遗憾。"他说。

　　我不禁对他肃然起敬。联想起人生，一个人不怕拔高，就怕找不到生命的制高点。任何事情都存在突破口，但不是任何人都能够穿越突破口，抵达更高的层次。

　　如果说挑战是对生命的发扬，那么明智该是另一种美好的境界，是对生命的爱戴和尊敬。一个不懂得珍惜生命的人，命运会给予他惩罚。

　　那么，手中握一根坐标尺上路该是何等重要！它能督促我们不懈努力地攀登，又能提醒我们恰到好处地戛然而止。

　　仰之弥高，那是不明智的虚荣和贪婪。一个智者，此时此刻，也许悠然而从容地下山去了。

简单是一种方法

　　橄榄树嘲笑无花果树说："你的叶子到冬天时就落光了，光秃秃的树枝真难看，哪像我终年翠绿，美丽无比。"不久，一场大雪降临了，橄榄树身上都是翠绿的叶子，雪堆积在上面，最后由于重量太大把树枝压断了，橄榄树的美丽也遭到了破坏。而无花果树由于叶子已经落尽了，全身简单，雪穿过树枝落在地上，结果无花果树安然无恙。

197

·柏林的街灯·

夜色中，柏林的街灯典雅地站着，光色温柔，蕴涵着诗般的朦胧。我凝望着它们。

"它们是煤气灯。"一个德国人告诉我。

我不相信，怕听错了，也怕他说错，我们都在讲英文，我们都不讲自己的母语。

"gas"他重复了这个词。

煤气灯于中国好像是世纪初的事。"柏林还用煤气灯?"

"煤气比电便宜呀。"

"柏林街上为什么还用煤气灯?"我问第二个德国人。

"煤气便宜。"

德国将移都柏林，整个柏林在大兴土木。财气十足，派头十足。于是我问："柏林不会缺这点钱吧?"我亲眼看见一幢好端端的市政大厅被伤筋动骨地翻造，说是它的隔热材料石棉有碍健康。

"柏林市开支一向很紧，总有更需要花钱的地方，"他像个当家的，说着柴米油盐的难处，"这些街灯是很老了，可还能用，挺结实，煤气又比电便宜。去年市政府总算有了钱换这些街灯，可是百姓不同意，说是它们像古董了，不让换。于是，还用它们。"

德国未来的首都，街上点的仍是煤气灯。

不怕寒碜。

回来了，白天街上一道道刷刷冒出来的崭亮幕墙让人神满气足，有一日千里追上欧美之感。

晚上，柏林的街灯却叫我肃然。

乌鸦和狐狸

一只乌鸦从一个窗户里叼出了一块相当大的干酪，飞上了一棵高树，一心想要好好地享享口福，吃掉它夺来的这份美味佳肴。

一只狐狸发现了这块美味的食物，就计划去接近它。狐狸谄媚地说，"哦，乌鸦，你的翅膀多么漂亮啊！你的眼睛多么明亮啊！你的脖子多么优美！你的胸脯和鹰一样！你的爪子，请原谅我，你的铁爪足以和所有的野兽对抗，哦，多么可惜，这样一只鸟竟是一个哑巴，你如果再有一副美妙的喉咙就是一只完美的鸟了！"

乌鸦听了这甜言蜜语，心里很高兴，它得意地想，如果我哇哇地叫起来，让狐狸知道我原来不是一个哑巴，那狐狸该感到多么惊奇啊！于是它就张开了嘴。干酪"啪"地掉下去了！狐狸叼起干酪，一边走开，一边批评："不论我怎么吹嘘你的美貌，可是我还没谈论你这个虚荣的乌鸦的智慧呢！"

山羊和胡须

公山羊在山羊群中是很尊贵的，它们是羊群的守护神。慢慢地公山羊也骄傲起来。有一天，公山羊看见母山羊也长着和它一样的胡须，很不高兴地向天帝抗议："雌性怎么可以与我一样尊贵？"

天帝回答说："这点小事你就忍耐一下吧！它虽然长着一个貌似高贵的雄性标记，但它的力量和勇气是永远也不能和你相比的呀！"

感悟 ganwu

谄媚人的人很少是没有自私打算的，他们用盛赞的话语激起人的虚荣心，让人失去理智和判断力，从中获益。保持清醒的头脑，不要让虚荣心遮蔽了你的智慧。

感悟 ganwu

空有虚荣的外表和形式上的尊贵是没有意义的，只有实质的勇气和力量才能真正赢得他人的尊重和敬畏。

老鹰和猫头鹰

老鹰和猫头鹰停止了攻击,它们甚至互相拥抱以表示亲热的程度,并决定不再互相吞食彼此的孩子,一个用鸟中之王的信誉担保,一个则以枭族的诺言担保。

"你认得我的孩子吗?"猫头鹰问道。

"不。"

"真糟糕!"猫头鹰叹息道,"我很为孩子们的性命牵挂,保住它们的命真靠运气了。因为你是百鸟之王,不会把小事记在心上,假如你遇到我的孩子,而又不认识它们,那它们的小命一准送掉。"

"你把它们的样子讲给我听听,"老鹰提议说,"要不然指给我瞅瞅也行。我向你保证,我不会伤害你的孩子。"

猫头鹰以未来母亲的身份说道:"我的小东西长得娇小动人,漂亮可爱。单说这些特点你就能轻易地辨认清楚。请记好了,千万别忘掉,要不然,死神就会到我家中,把死亡降临在它们头上。"

没多久,上帝把孩子赐给了猫头鹰。有天傍晚,猫头鹰离开家外出给孩子寻食,老鹰正巧看到一座塌了的房子里,有几个长得怪模怪样的小东西,它们面目丑陋,神态阴郁,发出的叫声阴森森的。老鹰见状说:"这应该不会是我朋友的孩子,把它们做了晚餐吧!"老鹰这家伙干这种事从来都是干净利索,这顿饭吃得真可口啊。

不一会儿,猫头鹰回家了。天啊,它看见自己的心肝被吃得只剩下几个脚爪,伤心得昏了过去。它哭诉给大家听,并向神哀告,祈求严惩这丧心病狂的强盗。

这时有街坊对它讲:"你还是反省反省自己吧。你总是觉得自己的孩子漂亮可爱,比别人家的要好。谁让你在老鹰跟前

把自己的孩子夸奖得像朵花一样？这与它们的本来面目相差太大，没有什么共同之处嘛。"

仙鹤生蛋

古时有个叫刘渊材的人，性情十分迂腐、古怪，又很爱虚荣。他家里养着两只鹤，只要有客人来家中，他总是既神秘又故意张扬地对客人夸口说："我家养了两只鹤，这可不是一般的鹤，它们是真正的仙鹤呀！人家所有的禽鸟都是卵生的，我养的仙鹤可是胎生的。"

这一天，刘渊材家又来了几位客人，他把客人请进屋，一坐下便夸起他那两只"胎生"的仙鹤来。刘渊材话还未说完，一仆人从后园跑来报告说："先生，咱家的鹤昨夜生了一个蛋，好大的蛋呀，跟大鸭梨一般大小呢。"

刘渊材的脸色立刻羞得通红，他觉得十分难堪。他斜着眼偷偷瞟了客人一下，对着仆人大声呵斥道："奴才胡说，你竟敢诽谤我的仙鹤！仙鹤怎么会生蛋呢？休要在此胡说八道！"

仆人只好没趣地走开了。几个客人站起身说："刘兄，难得您家养着仙鹤，让我们去看看，开开眼界吧。"

刘渊材只好带着客人一同到后园去观看仙鹤。他们来到后园，只见其中一只仙鹤正将后腿张开，身体趴在地上。客人们想叫仙鹤站起来，便用拐杖去吓它。不料，那鹤站起身来时，地上又留下了一枚鸭梨大的蛋。

刘渊材的脸色涨得通红，他支支吾吾地自我解嘲，叹着气说："唉！没想到这仙鹤也会败坏仙道，和凡鸟一样了。"

其实，仙鹤只是传说中的鸟，平常我们养的鹤本来就是普通禽类，是卵生的。而这鹤的主人却偏要故弄玄虚，结果当众出丑，搞得十分难堪。

感悟 gǎnwù

不要为了满足你的虚荣心而撒谎，因为谎言一旦被戳穿，事情不但不光荣，反而是种耻辱了。

不吃鸡蛋的南方人

有个南方人，从来不吃鸡蛋。一次，他出远门到北方。在路上走得累了，肚子也咕咕直叫，就进了一家小店坐下，吃些东西。

店里的伙计一看有客来了，忙过来招呼，殷勤地边擦桌子边问："客官，您想吃些什么？"这个南方人第一次来北方，对北方的菜很不熟悉，就随便地说道："有什么好菜就上吧。"伙计应道："本店的木须肉做得可拿手了，您可以尝一尝。"不一会儿，菜端上来了，南方人一看，原来里面有自己不吃的鸡蛋，可他又怕如果说出来，别人会嘲笑自己无知，就不愿明说，只是问道："还有别的什么好菜吗？"伙计说："还有摊黄菜，也是本店的拿手名菜。"南方人心里嘀咕：摊黄菜是什么玩意？不管它，先要了再说吧。菩萨保佑，可千万别再有鸡蛋呀！便说道："太好了，就这个吧！"等到菜送来一看，仍然还是有自己不吃的鸡蛋。不好再推了，他只好说："菜是不错，可惜我肚子挺饱的，不想吃东西。"他的仆人饿得实在不行，便劝他说："前边的路还很远，不吃的话，待会儿恐怕要挨饿了。"他于是借梯子下台说："既然这样，那我们就吃些点心吧。伙计，有好点心吗？"伙计答道："有窝果子。"他说："那就多拿几个来吧。"等到窝果子被端上来，他一看不禁傻了眼，竟然又有自己不吃的鸡蛋。他心中又羞惭又恼火，再也找不出什么理由了，只得饿着肚子赶路，直走得疲劳不堪。

天下的事情很多，人们哪能样样都知道？不知道并不可怕，可怕的是不但不承认，还硬要假装知道。这样做是学不到任何东西的。

·猫和鼠·

猫儿捉到一只老鼠。它用脚爪把老鼠按在地上，准备吃掉。

老鼠说道："猫大王呀，我佩服你。你的确是英雄，我能为英雄献身，供你充饥，死而无憾。不过，我和一般老鼠不同，我是一个音乐家，请允许我在死前唱一支歌。"

猫儿诧异地说："呵！你是音乐家，会唱歌？"

"是呀，我是音乐家，我有非常优美的歌喉，我忠于我的事业。请大王允许我死前唱一支歌，我要为你唱一支英雄的赞歌。这样，我死也瞑目了。"

猫儿想：既能听音乐，又能吃鼠肉，一举两得，何乐而不为？便说：

"好，你唱吧，我倒要听听你的歌唱得怎样。"

"你把我按在地上，我怎么能唱？请让我站起来唱。"

猫儿不答应。

老鼠又说："猫大王，你是伟大的英雄，我已在你的手掌之中，还怕我这个小小的老鼠逃走不成？"

猫儿想：哼，料你也不敢逃。便说：

"好，我允许你站起来唱歌。"

猫儿一放开脚爪，老鼠乘机一蹿，便逃进鼠洞去了。

猫儿赶紧扑过去，却扑了个空。

·野鹰与乌鸦·

一只黑色的野鹰从高岩直飞而下，把一只羊羔抓走了。姿势凌厉，异常优美。

一只乌鸦见到后，非常羡慕，很想仿效。于是，它呼啦啦

感悟
gǎnwù

阿谀的箭是射向虚荣的心的。面对盛赞的话语，更加要让自己保持冷静，这样才不会受他人摆布。

感悟
ganwu

对自己的认识和了解是非常重要的。这样我们才不会仿效别人去做自己力不能及的事情。

地猛扑到一只公羊背上，狠命地想把它带走，然而它的脚爪却被羊毛缠住了，拔也拔不出来。尽管它不断地使劲拍打着翅膀，但仍飞不起来。

牧羊人见到后，跑过去将它一把抓住，剪去它翅膀上的羽毛。傍晚，他带着乌鸦回家，交给了他的孩子们。孩子们问这是什么鸟，他回答说，"这确确实实是乌鸦，可它自己硬要充当老鹰。"

买椟还珠

感悟
ganwu

太在意虚荣的外表，往往会忽略最珍贵的东西。

春秋时代，楚国有一个商人，他专门售卖珠宝。有一次他到别国去兜售珠宝，为了使得他的珠宝更加吸引人，更加容易卖，聪明的商人特地用名贵的木料，精心制作了很多小盒子。他把盒子雕刻装饰得非常精致美观，并在盒子的底部放上香料，然后再把珠宝装在盒子里面。

有一个郑国人，看见装宝珠的盒子既精致又美观，还散发着淡淡的幽香，于是他问明了价钱，从商人那里买了一个。楚国的商人卖出去了一颗珠宝，很高兴。让他觉得惊讶的是，这个郑国人居然打开盒子，把里面的宝物拿出来，退还给了珠宝商。楚国的珠宝商哭笑不得，愣在了那里。

美的真谛

感悟
ganwu

真正的美不在于华丽的衣饰，不在于动人的容颜，而在于人的灵魂，在于心中有爱。

三个小姑娘一同出游，半路上遇见一位跌倒的老婆婆，便把她搀扶到家中。临别时，老婆婆拿出三朵鲜艳的桃花，分送给小姑娘每人一朵，说道："好孩子！它可以满足你们每个人一个爱美的愿望，想要什么尽管说！"爱打扮的小姑娘说："我希望有一套世界上最美丽的衣裙！"说完，她身上果然流光异彩，美艳绝伦。爱漂亮的小姑娘说："我希望有一张最动人的脸蛋。"说完，她立刻变得神采飞扬，绝世无双。最小的一个小姑娘说："好婆婆，我只希望有一颗最美好的心灵！"

40年后，老婆婆忽然想起当年的小姑娘，决定去探访她们。她找到第一个小姑娘，这时爱打扮的她只穿着一套普普通通的衣服，伤心地对老人说："我那套美丽的衣裙，早就破了。"她又找到第二个姑娘，只见那张漂亮的脸蛋已布满了皱纹，她痛哭着对老人说："您给我的美貌，又还给了时间。"她找到第三个小姑娘，只见她充满着幸福的微笑，高兴地说："这些年，我用整个心灵去爱每一个人。爱，就像一颗神奇的种子，已经在所有朋友的心里扎根！"老婆婆开心极了："孩子，只有你最懂得美的真谛啊！"

原来，那个老婆婆就是美神维纳斯的化身。

大肚子蝈蝈

大肚子蝈蝈趴在倭瓜花上唧唧地叫着。他在得意地欣赏着自己的大肚子："瞧，我这大肚子，谁比得了，这里面全是智慧呀。"

小蚂蚁过来了，他拦住不放，非要和人家比比肚子不可。小蚂蚁说："我不比肚子，我还要劳动呢。"大肚子蝈蝈并不介意，因为他已经看出来了，小蚂蚁的肚子没有他大，便得意地说："哼，我就知道你不敢比。"

大肚子蝈蝈一边啃着倭瓜花，一边喝着露水，他完全不用劳动就可以得到食物，因此，他整天只知道炫耀自己的肚子。小蜜蜂过来了，他要和小蜜蜂比肚子；小蜻蜓过来了，他要和小蜻蜓比肚子。小蜜蜂和小蜻蜓都有自己的事情，都不屑一顾地飞走了。

大肚子蝈蝈气坏了，肚子里一鼓一鼓的，恨透了小蜜蜂和小蜻蜓。忽然一只水牛从那儿路过，嘀，水牛的肚子好大呀，

感悟
ganwu

人总是在并不重要的方面和他人作比较，并且认为在这些方面胜出是很荣耀的事。虚荣让人蹉跎了岁月，把生命美好的光阴都浪费在无谓的比较上去了。踏实努力地生活，才是真正光荣的事。

浑身的腱子肉，圆圆的肚子，大肚子蝈蝈可没法相比。可大肚子蝈蝈天生比别人要强，水牛的肚子比他大，那怎么行？大肚子蝈蝈要跟水牛比试比试，他一口气一口气地往肚子里运气，要用气儿把肚子充实起来。那肚子果然一下一下地鼓起来了。肚子已经好大好大了，可他看看水牛的肚子，不行，还没赶上。于是又继续吸气，一口，一口，那肚子像气球一样又圆又鼓了。突然，"砰"的一下，大肚子蝈蝈的大肚子爆炸了，成了一个烂菜花。

水牛一步一步地走了，他不知道大肚子蝈蝈在和他比肚子，更不知道因为和他比肚子，大肚子蝈蝈撑破了肚皮。他有事情，他要耕田的。后来，还是小蚂蚁帮忙，一针一线地帮大肚子蝈蝈把肚子缝起来。大肚子蝈蝈会不会接受教训呢？那还得看他的行动。

财富和权力

感悟
ganwu

使人衣食无忧的钱财是有价值的，用来富国安民的权力是有意义的。一味地去追求财富和权力，以为其中有无限的荣耀，最后就会被钱财和权力筑成的牢笼所困。

一位有智慧的先知路过一个金碧辉煌的宫殿，这宫殿中没有人，只有一位衣着华服的囚人，双手双脚被链条锁着。

"囚人，告诉我，谁把你捆起来的？"先知问道。

"是我自己。"囚人说，"我以为我的财富与权力胜过世界上的一切人，我把整个王国的钱财聚敛在自己的宝库里，便在床上沉沉地睡去，一觉醒来，却发现我在自己的宝库里做了囚人。"

"囚人，你告诉我，是谁铸的这条坚牢的铁链？"

"是我，"囚人说，"是我用心铸造的。我以为我的无上的权力会征服世界，使我有无碍的自由，于是我日夜用烈火重锤打造了这条铁链。等到我工作完成，这条铁链坚固无比，却发现这条铁链把我自己捆住了。"

一个机灵非凡的崇拜者

年轻的女演员菲丽丝取得一鸣惊人的成功，观众们使劲跺脚，嗷嗷地吼，简直发了疯。演员的崇拜者们把鲜花朝台上扔去，喊叫着："菲丽丝！菲丽丝！"

一个机灵非凡的崇拜者想穿过乐队挤上台去，被观众拦住了。于是他向门上写着"闲人莫入"的房间冲去，一下子就不见了。

菲丽丝这时正坐在演员化妆室里，心想："啊，我期待的正是这样的成功啊！激动人心，以自己的天才使人们变得高尚起来……"

这时，有人敲门。

"请进。"她说。

一个人飞身走了进来，这就是那位机灵的崇拜者。他的动作是那么的麻利，菲丽丝甚至连他的脸都没看清楚。

这个人扑通一声跪在她面前，嘟哝着说："我爱……我倾倒……"他捡起扔在地上的一只皮靴就一个劲地吻起来。

"对不起，"女演员说，"那不是我的皮靴，那是滑稽老太婆的……这才是我的。"

崇拜者又疯狂地抓起菲丽丝的皮靴。

"还有一只……"崇拜者跪在地上一边爬一边嘶哑地说，"还有一只呢？"

"天哪！"菲丽丝暗自想，"他是多么爱我啊！"她于是把另一只皮靴也递给他，怯生生地说：

"在这儿……那是我的束腰带……"

崇拜者抓起皮靴和束腰带，非常庄重地把它们贴在胸前。

"天哪！天才的力量是多么惊人哪！它使人抑制不住自己的感情……成功了！我是多么成功啊！崇拜者闯到后台来，吻

感悟
gɑnwù

盛赞的话语会让人喜悦得冲昏头脑。每个人都应该明白这个道理。

我的靴子……多么幸福，多么光荣！"

她越想越激动，连眼睛都闭上了。

"菲丽丝！"导演喊了起来，"上场！"

菲丽丝猛地醒过来。崇拜者和靴子都不翼而飞了。后来才查清楚：除了皮靴和束腰带以外，化妆室还丢失了一盒化妆品和假发。最可怕的是，滑稽老太婆的一只皮靴也不见了。

那个崇拜者没有找到另外一只。另一只在扶手椅底下。

把"名声"送给别人

美国钢铁大王卡耐基年幼时，家境贫寒。父母从英国移民到美国定居，刚落脚时供养不起卡耐基读书，卡耐基只能辍学在家。

有一次，别人送给他一只母兔，很快，母兔又生下一窝小兔。这下，卡耐基犯了难：因为他买不起豆渣、胡萝卜等饲料来喂养这窝兔崽，他拍脑袋一想，计上心来——请左邻右舍的小孩子都来参观这些活泼可爱的兔娃娃。小朋友大都喜欢小动物，卡耐基趁机宣布，谁愿意拿饲料喂养一只兔子，这只兔子就用这个小朋友的名字命名。小朋友齐声欢呼赞同卡耐基的"认养协议"。于是，小兔子都有了漂亮的名字，卡耐基担忧的饲料难题也迎刃而解。

童年趣事给卡耐基带来有益的启示：人们珍惜爱护自己的名字，而不务虚名者才会得到巨大的实际利益。他从小职员做起，通过自身顽强努力，成为一家钢铁公司的老板，想不到儿时的情景竟会时时重现。

为竞标太平洋铁路公司的卧车合约，他与商场老手布尔门的铁路公司争得你死我活。双方为着投标成功，不断削价比拼，结果他们把价格降到了无利可图的地步，彼此还咽不下这口气。

冤家路窄，有一天卡耐基在旅馆门口邂逅布尔门，他微笑着伸出手，主动向布尔门招呼说："我们两家如此恶性竞争，真是两败俱伤啊！"卡耐基接着坦诚地表示希望能尽释前嫌，合作奋进。布尔门被卡耐基的诚挚所感动，气消了一半，不过对合作奋进缺乏兴趣。卡耐基对布尔门不肯合作的态度感到纳闷，一再追问原因，布尔门沉默片刻，狡黠地问："合作的新公司叫什么名字？"哦，布尔门为"谁是老大"处心积虑！卡耐基想起儿时养兔子之事，脱口而出："当然叫'布尔门卧车公司'啦！"

布尔门简直不敢相信自己的耳朵，而卡耐基又明确无误地确认一遍。

于是，冰释前嫌，强强联手，签约成功，双方从中大赚一笔。

很有趣的是，淡泊名誉的人出了名，而争名夺利的人往往湮没在历史的尘埃之中。现在全世界都知道钢铁大王卡耐基，又有几个人知道布尔门？

·关于出名·

有一次，一个青年人问大发明家爱迪生："爱迪生先生，你为什么有那么多的发明而名扬天下呢？"

爱迪生明白了他的意思，反问道："看来你是天天都在想着出名吧！"

青年人说："是的，我做梦都在想，自己什么时候能像你一样驰名世界？"

爱迪生说："我想，你死后会出名的。"年轻人奇怪地问："为什么非得等到死后呢？"

爱迪生解释道："因为你想的只是怎样才能有一座高楼，而不是想怎样用砖来建造高楼。所以，你想象的这座高楼是永

感悟
gǎnwù

虚荣的人关心成功后的声名和荣誉，务实的人关心如何才能获得成功。不在意荣誉的人往往能获得荣誉，追求荣誉的人则往往一事无成。

远也不会出现的。可是你的一生，对于别人来说倒是一面绝好的镜子。为了教育后人，就要经常提到你的名字，到那时候，你不就能名扬天下了吗?"

"先生，刚才你说——"

一天，理查逊在他诺斯德的乡村别墅接待一大群客人，一位刚从巴黎回来的绅士向理查逊先生谈起了一个颇使他心花怒放的场面——这位绅士看到国王弟弟的桌上摆着《克拉瑞萨》一书。那正是理查逊所写的书籍。理查逊发觉不少客人正在私下交谈，因此决定暂不回答。

等人们慢慢静下来后，为使所有人都听见这件事，理查逊开口说："先生，刚才你说——"他故意停下。那位绅士立即明白了他的意图，并对这种过分的虚荣不大耐烦，于是他狡黠地露出冷淡的表情说："小事一桩，不值得重复。"理查逊先生脸上顿呈羞愧之色，这一天他没说上 10 个字。当时约翰逊博士也在场，看上去他对这一场面颇为高兴。

大明星的尴尬

出过洋相的人，永远忘不了那一刻手足无措、面红耳赤的尴尬情景，甚至恨不得找个地洞钻进去以摆脱丢人的窘境。即使是名流也会有这种事情发生。

好莱坞喜剧大师梅尔·布鲁克给人签名就签出了笑话。

"有一次我在一家餐厅门口等人，因为怕那些经常在影城打转，专找明星的家伙打扰，我特地将脸遮起了一大半。可是仍有一个矮小秃顶的男人走近我，眼里充满了恳求的神色，对我说：'很抱歉打扰您，但能不能请您……'我一听立即就打断他：'好，好，没问题，快拿纸和笔来。'片刻，他拿了一张

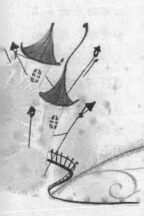

纸得意洋洋地出现在我面前。我说：'笔呢?'他狼狈地摸遍口袋也没找到，只好跑进餐厅借了一支笔。这时我已不耐烦地叫着：'好了，你叫什么名字?'他有点傻乎乎地愣了一会儿，然后脱口而出：'唐，我叫唐!'"

布鲁克边说边迅速地写道："给唐，万事皆顺。梅尔·布鲁克。"他签完后，看着纸上自己华丽的笔迹，将纸递给了那个人。

唐拿着纸笔仍未离去，半晌吞吞吐吐地对布鲁克说："您实在太好了，但我只是想向您借几枚硬币，去打电话而已。"这时的布鲁克有多窘就甭说了。

| 感 悟
ganwu

因为心中总是紧抱着荣誉，须臾不忘自己是一位名人，才会有把路人当影迷的尴尬。

读书笔记

教师免费样书申请

感谢各位教师和学生使用北京教育出版社出版的系列丛书。为进一步提高我社图书质量，敬请教师和学生完整填写下列信息，我社将因此向教师提供一本免费样书（请您提供教师资格证或工作证复印件）。本表可在本社官方网站www.bjkgedu.com上下载，复制有效，可传真、邮寄，亦可发e-mail。

姓　　名		学校名称		邮　　箱	
电　　话		学校地址		邮　　编	
授课科目		所用教材		学生人数	
通过何种渠道知道本书	学校推荐 □　　网站宣传 □　　书店推荐 □　　海报宣传 □　　学生使用 □				
选择本书您首先考虑	出版社品牌 □　　体例新颖 □　　内容使用性强 □　　装帧美观 □　　其他 □				
您认为本书有何优点？					
您认为本书有何不足？					
常销系列图书	《168个故事系列》				

注：您申请的样书须与您讲授的课程相关。

诚 征 优 秀 书 稿

北京教育出版社成立于1983年，凭借对教育、教学改革的敏锐把握，依靠经验丰富的教师团队，成功推出了《1+1轻巧夺冠》《课本大讲解》《提分教练》等系列丛书。为了与时俱进，不断创新，打造更实用、更完美的优质教育图书，现诚邀全国中小学名师加盟，诚征中小学优秀教育类书稿。凡加盟者可享受如下待遇：1.稿费从优，结算及时；2."北教社"颁发相关荣誉证书；3.参编者将免费获得"北教社"提供的图书资料和培训机会。

随 书 资 源 下 载

北京教育出版社的图书所附赠的英语听力资料或其他随书资源，均会及时刊登在本社官方网站www.bjkgedu.com上，读者可以上网下载。下载方法如下：在网站免费注册后，登陆"下载中心"频道的"随书资源"区，选择下载所需的随书资源即可。所有随书资源均需凭密码下载，下载密码为图书ISBN号的最后5位数字（注：ISBN号一般印在图书封底条码上方）。

请在信封上或邮件中注明"样书申请"或"应聘作者"。

来信请寄：北京市北三环中路6号11层　北京教育出版社总编室
邮编：100120　　网址：www.bjkgedu.com　邮箱：bjszbs@126.com
电话：010-58572817（小学）　　58572525（初中）　　58572332（高中）

后 记

　　本丛书在编写过程中，参阅了大量的期刊和著述，吸取了很多思想的精华。但由于各种原因，编者未能及时与部分入选故事的作者取得联系，在此致以诚挚的歉意，恳请作者原谅。敬请故事的原作者（译者）见到本书后，及时与我们联系，我们将支付为您留备的稿酬及寄去样书。

　　同时，提请广大读者注意的是，本书题名中"168个故事"只是概数，实际故事数量并不以此为限，特此声明。

地址：北京市北三环中路6号北京教育出版社
电话：010-62698883
邮编：100120